课本里的大作家

张之路 著

羚羊木雕

北京理工大学出版社
BEIJING INSTITUTE OF TECHNOLOGY PRESS

目　录

羚羊木雕

　　我呆呆地站在雪地上。雪花落在玻璃罩子上，那羚羊无精打采地望着外面的银白世界，那是一个它从来没有见过的世界。我想，它一定正在为不能在这世界上奔驰而伤心呢！

天上下着雪。我一个人孤零零地走在去万方家的路上。雪花在路灯前飞舞，路灯在雪花中发出昏暗的光。

我和万方家只隔一百多米，可是我却走了好久好久。白天我们还在这里举行过百米赛跑，那时候，这条路显得又平又直，可现在下雪了。我一个人慢慢地走着，脚下发出"吱吱"的声响……

吃过晚饭，我趴在桌子上背诵今天课堂上刚刚讲过的杠杆原理。妈妈坐在沙发上织毛衣。我常常抬起头来望着窗外飞舞的雪花——我们这里已经很少下这样大的雪了。真带劲！明天可以打雪仗！

妈妈走了过来，轻轻地把窗帘拉上。

另一间屋子里，爸爸和奶奶正在看电视。"咚咚锵锵"的锣鼓声传了过来，又是京戏！我用双手把耳朵堵上，妈妈走了出去，电视机的声音变小了。妈妈又重新走到我的身边，慈爱地把我的手从耳朵上拿了下来。

"新宇，那只羚羊哪儿去啦？"妈妈突然问我。

她说的羚羊是一只用黑色的硬木雕成的艺术品。它一直放在我桌子的犄角上。我的心"咚咚"跳了起来，因为我已经把它送给了我的好朋友万方。

"你不是说送给我了吗？"我喃喃地说。

"当然是送给你了。可是现在它在哪儿？"妈妈好像是发现了什么秘密，两眼紧紧地盯着我。事情严重了！

"我把它收起来了。"我也不知道我怎么会撒了谎。

"收在哪儿？拿来我看看。"妈妈一点也不放松。

我只好坐在那儿，一动不动，低着头不敢看她的眼睛。

"说实话……是不是拿出去卖啦！"妈妈变得十分严厉起来，"……我决不允许！"

"没有……妈……我送给别人了。"我都快哭了，连忙解释着。

"送给谁了？告诉我！"妈妈用手摇着我的肩膀。

"送给万方了。"

"你现在就去把它要回来！"妈妈坚定地说，"要不我和你一起去！"

"不！"我哭着喊了起来。

爸爸走了进来。他坐在那里听妈妈讲完了事情的过程，并没有发火。他点着一支烟，慢慢地对我说："小孩子怎么能不和大人说一声，就自作主张地把家里的东西送给别人呢？这是不对的，不信的话，你明天问问老师……把这样珍贵的东西送人，他也会反对的……"

"可……这是我的东西呀！"

"是，这是爸爸妈妈送给你的，可是并没有允许你送给别人呀！"

我没有理由了。爸爸说的话总让人找不出毛病在哪儿。我知道，那黑色的羚羊是爸爸从非洲带回来的纪念品，是爸爸非常喜欢的东西。可是，当我想到我要去向我的好朋友要回它的时候，我的心里难过极了。他们不知道万方是个多么仗义的好朋友呀！

万方从开始上小学就和我在一起。他学习很好，还特别喜欢帮助人。他有力气，可以在单杠上一连正握做十个引体向上。可他从来不欺侮别人。

那一天上体育课，我们全班都穿上了刚刚买来的新运动衣——就是那种海蓝色的，袖子和裤腿上都缀着三条白边儿的那种。可是在我们闹着玩的时候，我的裤子被树杈划了一个长长的大口子。我坐在地上使劲地哭。因为我特别怕妈妈骂我。万方也不玩了，他坐在我的旁边一个劲儿地叹气。忽然，他把自己的裤子脱下来对我说："咱俩换了吧！我妈是裁缝。她能把裤子补得看不出破绽来。"我当时真是太自私了，居然相信了他的话，就和他把裤子换了。后来我才知道，为了那条裤子，他妈妈让他对着墙整整站了半个钟头。我要把裤子和他换回来，他却说："反正我已经罚完站了，要是换回来，你还得挨骂，就这样吧！"

那天，万方到我家来玩。我看见他特别喜欢我桌上的羚羊，想都没想就送给了他："咱俩永远是好朋友……永远！"他也激动，还把一柄心爱的小刀送给我……想到这儿，我哭了。

奶奶不知什么时候站在门口。她小声地说："算了吧！下次记住就行啦，孩子们也要讲个信用……送给别人的东西怎么好再要回来呢！"

妈妈忍不住喊起来："您总是惯着他，您知道那是多贵重的东西呀！"

爸爸不说话，他只是默默地坐在沙发上，一个劲地抽烟。

这样，我的心里就更难过了。我已经不是小孩子啦，我都要上中学了。我默默地从抽屉里拿出万方送给我的小刀，飞快地跑出门去……

万方的家到了。我上了三楼，轻轻地敲了门。门开了，万方伸出头来，看见是我，一把把我拉进屋去。

"万方……"我站在楼道里，不肯往里走。

"你怎么啦？"万方焦急地问我。

我慢慢地拿出小刀说："我想把我的羚羊……换回去。"我的声音小得几乎听不见。

万方没有说话，他咬着嘴唇，两眼紧紧盯着我。我低下头不敢看他。我俩就这样默默地站着。

好一会儿，万方说："你怎么会这样呢？白天我们不是说得好好的吗？难道我们不是好朋友吗？"

我忍不住哭泣起来。万方的妈妈从里面走出来问我怎么回事。我说不出，只是一个劲儿地掉眼泪。她又回头问万方。

万方说："他要把送给我的东西要回去！"

万方的妈妈顺手给了万方屁股一巴掌："小孩子之间怎么能换东西呢，快去把人家的东西拿来！"

万方站在那儿没有动。他妈妈又推了他一下，他才不情愿地走了。

过了一会儿，万方从屋里走出来，手里托着那只羚羊，他还为羚羊做了一个小玻璃框子，也一起拿了出来。他的妈妈接过一看说："哎呀！你怎么能要人家这么贵重的东西！"说着，她把羚羊递到我的手上说："好好拿着，我待会儿说他！"

我把小刀和玻璃框子放到他妈妈手里，正要和万方说话，他已经不见了。

我慢慢地从楼梯上走下来。外面的雪已经下得很大了，雪花落在羚羊的身上，又滑了下去。我突然觉得羚羊变得那么重，那么重，以至于我不得不用双手托着它。我在雪地上慢慢地慢慢地走着，突然，我听见后面传来万方的声音。

我惊奇地回过头。万方气喘吁吁地跑到我的跟前，他既没有戴帽子，也没有穿棉衣。他把手里拿的玻璃罩子盖在我的羚羊上，又把小刀塞到我手里说："拿着，没有礼物，咱俩也是好朋友！"

"你妈妈会说你的！"我看着他的眼睛。

"没事儿，凡是爸爸妈妈送给我的东西，不管我给谁，他们都没说的……明天打雪仗，来早点！"万方跑了，还不时地扬起手臂向我打招呼。渐渐的，他消失在雪花飞舞的世界里面了。

我呆呆地站在雪地上。雪花落在玻璃罩子上，那羚羊无精打采地望着外面的银白世界，那是一个它从来没有见过的世界。我想，它一定正在为不能在这世界上奔驰而伤心呢！

我哭了，我真的号啕大哭起来。雪花和泪水一起落在玻璃罩上。我从来没有这样伤心过。

在牛肚子里旅行

红头做梦也没想到，大黄牛突然低下头去吃草。可怜的红头还没有来得及跳开，就和草一起被大黄牛吃到嘴里去了。

有两只小蟋蟀，一只叫青头，另一只叫红头。它们是一对非常要好的朋友。有一天，吃过早饭，青头对红头说："咱们捉迷藏玩吧！"

"那让我先藏，你来找。"红头说。

"好吧！"青头说完，转过身子闭上了眼。

红头向周围看了看，悄悄地躲在一个草堆里不作声了。

"藏好了吗？"青头大声问。

红头不说话，只露出两只眼睛偷偷地看，心想：我只要一答应，就会被青头发现的。

正在这时，一头大黄牛从红头后面慢慢走过来。红头做梦也没想到，大黄牛突然低下头去吃草。可怜的红头还没有来得及跳开，就和草一起被大黄牛吃到嘴里去了。

"救命啊！救命啊！"红头拼命叫了起来。

"你在哪儿？"青头急忙问。

"我被牛吃了……正在它的嘴里……救命呀！救命呀！"

青头大吃一惊，它一下子蹦到牛身上，可是那头牛用尾巴轻轻一扫，青头就给摔在了地上。青头不顾身上的疼痛，一骨碌爬起来大声喊："躲过它的牙齿，牛在这时候从来不会仔细嚼的，它会把你和草一起吞到肚子里去……"

"那我马上就会死掉。"红头哭起来，它和草已经进了牛的肚子。

青头又跳到牛的身上，隔着肚皮和红头说话："红头！不要怕，你会出来的。我听说，牛肚子里一共有四个胃，前三个胃是贮藏食物的，只有第四个胃才是管消化的。"

"可是，你说这些对我有什么用？"红头悲哀地说。

"当然有用，等一会儿，牛休息的时候，它要把刚才吞下去的草重新送回到嘴里，然后细嚼慢咽……你是勇敢的蟋蟀，你一定能出来的。"

"谢谢你！"红头的声音小得几乎听不见，它咬着牙不让自己昏过去。

红头在牛肚子里随着草一起走动着，从第一个胃走到第二个胃，又从第二个胃回到牛嘴里。这下，红头又看见了阳光，可是它已经一动也不能动了。

这时，青头爬到牛鼻子上，用它的身体在牛鼻孔里蹭来蹭去。

"阿嚏！"牛大吼一声，红头随着一团草一下子给喷了出来。

红头看见自己的朋友，高兴得流下了眼泪："谢谢你……"

青头笑眯眯地说："不要哭，就算你在牛肚子里做了一次旅行吧！"

彩虹

小水滴们一齐回过头。啊！多漂亮啊！天空中出现了：红、橙、黄、绿、青、蓝、紫，七种美丽的颜色。

一场大雨过后，天空中飘着许许多多晶莹透明的小水滴。它们实在太小了，太轻了，在空气中忽忽悠悠的，就像一块薄纱在浮动。

　　小水滴们望着落到地面上的大水滴，羡慕极了。你看，那落到荷花叶上的水滴，就像一滴水银在绿翡翠盘子里滑来滑去。那挂在树叶上的水滴又仿佛是一颗颗闪闪发亮的珍珠。"他们让山青了，水绿了，小苗挺起了腰杆，花也变红了。可是，我们一点用处也没有……"想到这儿，空中的小水滴们不由得叹了口气。

　　"干吗不高兴？"空中传来一个和蔼的声音。

　　小水滴们一齐抬起头，看见太阳公公在笑眯眯地看着它们。

　　"让我们一起把天空打扮一下好吗？"太阳公公说。

　　"我们一起？"小水滴们奇怪地看着太阳公公。

　　"当然！注意啦！小水滴们排好队，精神点！"太阳公公发着口令。

　　小水滴们很快地排好队，太阳公公发出了耀眼的白光。天空中传来一阵女孩子们说笑的声音 。

　　"谁在说话？"小水滴们问。

　　"这是我的七个女儿！"太阳公公说。

"我们怎么看不见呢？"

"她们走在一起的时候，谁也看不见，那白光就是她们的身影！"太阳公公笑着说。

白光飞快地从小水滴们的身子上穿了过去，小水滴们觉得怪痒痒的，忍不住咯咯笑了起来。

"快回头！"太阳公公说。

小水滴们一齐回过头。啊！多漂亮啊！天空中出现了：红、橙、黄、绿、青、蓝、紫，七种美丽的颜色。

"这就是您的七个女儿吗？"小水滴们问。

"是啊！"

"不是说看不见吗？"

"可现在，你们……无数的小水滴把她们分开啦！"

这时，小水滴们听见地面上的人群在欢呼："看，彩虹！多美啊！看，彩虹！"

摄影师伟伟

我平常拍电影时，每秒钟拍二十四张胶片，放映的时候每秒钟也放二十四张，所以你跑得多快，在电影里看到的也是多快。今天，我每秒钟拍四十八张胶片，可是放映的时候，还是每秒钟放二十四张胶片，这样，你们看到画面上跑步的动作就慢多了，可是却看得更清楚了。

第一集　会上树的小猪

大熊猫伟伟拍了好多好多电影，都成了明星啦！

有一天，伟伟扛着拍电影的机器来到树林里，要给小动物们也拍拍电影。

刚一走进树林，伟伟迎面碰上了小猪胖胖。胖胖一见伟伟就

哭了。

"怎么啦，胖胖？"伟伟问。

"大灰狼……总欺负我，他常常追着咬我……"胖胖一边哭一边说。

"这个坏蛋！"伟伟气愤地说。

"我要能像电影里的那些人，一跳就跳上很高很高的树……就好了。"

伟伟歪着大脑袋想了一会儿说："我给你拍一部电影，你也能一下子跳上树。这样，大灰狼就再也追不着你了。"

"我怎么能跳上树呢？"胖胖问。

"你能的！"伟伟肯定地说。

伟伟请来长颈鹿大叔，他请长颈鹿把胖胖叼到树杈上去。

胖胖蹲在树杈上看着地面，头有点发晕。

伟伟说："等会儿你跳到地上就说：'狗尾巴草，狗尾巴草，上树！'就行了！"

胖胖点点头。

"好了吗？"

"好了！"

"预备，开始！"摄影机"咔咔咔"地响了起来。

胖胖鼓起勇气，闭上眼睛向下一跳。他落在柔软的草地上，翻了个跟头，然后上气不接下气地说："狗尾巴草，狗尾巴草，上树！"

"好啦！"伟伟把电影胶片洗好了，装到放映机里。

"还没有拍上树呢！"胖胖说。

"你就等着看吧。"伟伟说。

到了晚上，天黑了，树林里许许多多的动物都集中在林中的空地上，来看伟伟拍的电影。大灰狼躲在一棵树后边偷偷地看。

伟伟大声宣布说："这部电影的名字叫《会上树的小猪》！"

"哗！"动物们都笑了起来。谁都知道，小猪是不会上树的。

电影开始了，银幕上出现了小猪胖胖。只见胖胖一扭一扭地退到一棵大树下面说："狗尾巴草，狗尾巴草，上树！"说着，他突然翻了个跟头，然后，使劲一跳。哟！好高好高呀！胖胖居然跳到了树杈上。

"呀——"动物们一齐叫起来，"真棒呀！小猪简直成了跳高冠军啦！"

这下，胖胖可糊涂了。拍电影的时候，他明明是从树上跳下来的，现在怎么会从地上跳到树上去呢？

伟伟悄悄地对小猪说："这很简单，拍电影的时候，是你跳下来，可现在我把胶片倒着放映出来，你不就跳上去了吗？"

小猪问："这么说，电影里的那些人能一下蹦到好高好高的屋顶上，也是假的了？"

"当然是假的了！电影就是这样拍的。"

小猪开心地笑了。

躲在树后的大灰狼更奇怪了。本来，在看电影前，他还想咬小猪一口。可现在，小猪居然能上树，他只好咽了一口唾沫，灰溜溜地走了。

第二集　会隐身术的小兔子

大灰狼看过电影后，就不再去追小猪了，因为他想，追也白追。追到有树的地方，小猪一下子就能跳上去。于是他就去欺侮小兔子。

小兔子哭着来找伟伟："伟伟，大灰狼总欺侮我，你也教我上树吧！"

伟伟笑了，悄悄把小猪拍电影的过程告诉了小兔子。

小兔子说："那，你也给我拍一次吧！"

伟伟说："不行！大灰狼会起疑心的！"

"那怎么办呢？"

　　"有办法！我要拍一部会隐身术的小兔子的电影！"

　　"隐身术？就是一下子变没了，是吗？"

　　"对！"伟伟说，"等一会儿，你站在树底下翻个跟头说：'喇叭花，喇叭花，变！'"

　　伟伟打开摄影机说："预备——开始！"

　　小兔子在树底下翻了个跟头说："喇叭花，喇叭花，变！"

　　"停！"伟伟关了摄影机。

　　"拍好了吗？"

"没有，现在你躲到大树后边去！"

小兔子跳到树后藏了起来。

伟伟又打开了摄影机。小兔子没有了，只有一棵大树。伟伟把胶片洗好了，又装到放映机里面去。

到了晚上，动物们又来看电影，今天晚上几乎所有的动物都来了。大灰狼又躲在树后边。

电影开始了，大家看见小兔子正在大树下玩。突然，小兔子翻了个跟头说："喇叭花，喇叭花，变！"咦！小兔子不见了，只有大树静静地站在那儿。

动物们一齐惊叫起来。

小兔子是个聪明的小家伙，他走到伟伟跟前小声说："电影里那些神仙突然一下子变没了，也是这样拍的吗？"

伟伟点点头。

躲在树后的大灰狼这回更糊涂了，这是怎么回事呢？小猪能上树，小兔子又会隐身术。他想啊想啊，突然，他想起来了。他记得刚才小兔子隐身之前先翻了个跟头，然后又说："喇叭花，喇叭花，变！"

大灰狼得意地笑了。

他跑到伟伟跟前说："这有什么难的！我也会！"

说着，他使劲翻了个跟头，"砰"的一声，头撞在树上，肿起了个大包。他顾不上疼，忙闭上眼睛说："喇叭花，喇叭花，变！"

然后，大灰狼睁开眼睛说："怎么样，你们看不见我了吧！"

动物们大笑着说："你就在这儿，大嘴巴，大尾巴，样子好吓人啊！"

大灰狼脸红了，头上的包好疼呀！

"呸！"他吐了口唾沫，又去想坏主意了。

第三集　小狐狸露馅了

大灰狼看过电影，看见小猪会上树，小兔子会隐身术，心里很生气，一边走着一边喘着粗气。这时,他看见小狐狸正在练跑步。

"站住！"大灰狼大叫一声。

小狐狸吓了一跳，赶快站住了：“干什么？"

"你瞎跑什么？"

"明天要开运动会，我练习练习！"

"有什么好练习的，谁追得上你！"大灰狼没好气地说。

"明天，小兔子、小花狗都要参加比赛，他们都比我跑得快。"

大灰狼眼珠一转说：“过来，我告诉你一个好办法，保证你能得第一！"

小狐狸走到大灰狼跟前，大灰狼把嘴凑到小狐狸耳朵上说了好一阵子。

小狐狸高兴得跳起来，他不再练习跑步，回家睡觉去了。

第二天，运动会开始了。熊猫伟伟也扛着摄影机来到运动场，他要拍一部关于动物运动会的影片。

枪声响了，小兔子、小花狗、小狐狸一齐冲了出去。跑呀，跑呀，开始时小狐狸跑在最前边。可是过了一会儿，小兔子就超过他了。

可不知为什么，小兔子一下子摔倒了。

比赛场上只剩下小狐狸和小花狗了。过了一会儿，小花狗眼看就要超过小狐狸了。突然，小花狗也摔了个跟头。等小花狗爬起来的时候，小狐狸早已到达终点了。

小花狗和小兔子一起喊起来："小狐狸刚才用脚绊我们。"

小狐狸却叫起来："没有！没有！就没有！"

小花狗和小兔子说："没羞，没羞，为了得第一就绊我们，没羞！"

小狐狸说："你们才没羞，看见别人得第一，你们就生气。"

这下子，弄得发奖的小熊为难了，他不知道这个奖章该不该给小狐狸，因为他也没看清楚。

大灰狼却在一边得意地笑起来，他说："绊人谁看见了，你说绊了，我说没绊，说不清楚。小狐狸得第一，奖章就要给小狐狸！"

这时伟伟扛着摄影机走过来，不慌不忙地说："我们看看电影就清楚了。"

电影开始了。大家看见小狐狸、小花狗和小兔子一起在跑道上慢慢地跑着，他们的动作看得清清楚楚。

"怎么回事，他们怎么跑得这么慢呀？"小动物们喊起来。

突然，动物们又一齐喊起来，因为荧幕上的小狐狸正慢慢地把脚伸到小兔子的脚下。

"小狐狸犯规，小狐狸犯规！"大家叫着，小狐狸不好意思

地低下头。

伟伟说："我平常拍电影时，每秒钟拍二十四张胶片，放映的时候每秒钟也放二十四张，所以你跑得多快，在电影里看到的也是多快。今天，我每秒钟拍四十八张胶片，可是放映的时候，还是每秒钟放二十四张胶片，这样，你们看到画面上跑步的动作就慢多了，可是却看得更清楚了。"

小狐狸羞愧地哭了起来。

伟伟问："小狐狸不要哭，告诉我是谁给你出的坏主意？"

"大灰狼教给我的……我自己也不对……"小狐狸哭着说，"我再也不捣乱了。"

伟伟对大灰狼说："大灰狼，你为什么总做坏事？"

大灰狼说："你要是让我也能上树，让我也会隐身术，我就保证不做坏事啦！"

伟伟想了一下说："好吧！明天我们试一试。"

第四集　大灰狼变成了瘸腿狼

伟伟说话算数。第二天，他真的来给大灰狼拍电影了。

他让大灰狼站到山坡上往下跳，又让大灰狼在树下翻跟头。他照着给小猪和小兔子拍电影的方法给大灰狼拍了一遍。但是，拍电影的秘密他没有告诉大灰狼。

大灰狼说："骗人！我既不会上树，也不会隐身术。"

伟伟说："别着急，到了晚上你就会了。"

天黑了，等动物们都来了，电影才开始。

大灰狼看见自己站在坡上翻了个跟头说："狗尾巴草，狗尾巴草，上山！"

"呼"的一下，大灰狼轻轻地落到了山坡顶上。

大灰狼高兴地叫了起来，忽然他又看见自己站在一棵树下，又翻了个跟头说："喇叭花，喇叭花，变！"

忽然，大灰狼不见了。大灰狼高兴地说："太棒了，我又能跳高，又会隐身术！我比小猪、小兔子都棒。"

小动物们都不高兴了，大灰狼有了这样的本领，他又该欺侮别人了。

伟伟对大灰狼说:"你要是做坏事,自己就会吃亏的!"

大灰狼说:"不会的,不会的!"可是心里却想:我好多天都没有尝着鸡是什么滋味了。想着想着,趁着天黑,他悄悄地走出树林,来到了村子里。

大灰狼来到一个鸡窝前,抓了一只鸡就跑。鸡"咯咯咯"地叫起来,人们拿着棍子追了出来。可大灰狼不怕,他跑到一棵大树上,翻了个跟头说:"狗尾巴草,狗尾巴草,上树!"

说着就往树上一跳。可没想到还没跳到树的一半高,他就掉在了地上,于是,他的身上就重重地挨了一棍子。

这时,一个猎人拿着枪向他瞄准。大灰狼使劲喊:"喇叭花,喇叭花,变!"他心想:这回,猎人再也看不见我了。

枪响了,大灰狼的腿上挨了一颗子弹。

大灰狼这才发现他的本领不灵了,只好丢下鸡,一瘸一拐地拼命逃走了。

鸡没偷成,大灰狼成了瘸子。可是,他怎么也搞不明白,这到底是怎么回事呢?

橡皮膏大王

　　世界上往往有这样的事：一个人有了好名声之后，他的优点就会被放大，他的缺点就会被缩小，甚至被人当成优点来讲。

———————————

一

提问："橡皮膏有什么用途？"

回答："把纱布固定在皮肤上不掉下来，还有……想不出来了。"

坐在观众席上的项宁宁跳起来。他举手说："橡皮膏还可以补衣服、补鞋、贴铅笔盒、粘玻璃缝，把名字写在橡皮膏上然后

贴在箱子上，就不会和别人的混淆，还可以治风湿和跌打损伤、活血化瘀、镇痛消肿、治皮炎……"

全场"哄"地一下笑起来。

这是省电视台举办的一场智力竞赛，目的是增长知识、开阔思路。

因为项宁宁的学习成绩是班上倒数第一，所以只好坐在观众席上。这个关于橡皮膏的问题使他大出风头。

项宁宁还要接着说。节目主持人举起一只手："好啦！好啦！你先坐下！"

项宁宁不情愿地坐在座位上。

"给他们学校加十分！"主持人说。

大家不笑了，所有人的目光一齐朝项宁宁射去。项宁宁好不得意。

提问："橡皮膏是什么颜色的？"

回答："白色的……"

项宁宁再次举手："医用橡皮膏一般是白色的，可是电工用的橡皮膏是黑色的，包装和密封用的橡皮膏是咖啡色的，还有一种透明橡皮膏。"

"再加十分！"

全场掌声雷动。电视摄影机在项宁宁身上停了半分钟。项宁宁的大耳朵在水银灯下都透明了。

提问："橡皮膏和橡皮有什么关系？"

回答："……"

大家的目光又一次转向项宁宁。不用他举手，主持人主动发问：“这位同学再说说！”

　　项宁宁从来没有像今天这样思路敏捷，心情舒畅。他从座位上慢慢站起来，朝大家笑笑：“就像我们用的橡皮和动物园的大象没有关系一样，橡皮膏和橡皮也没有任何关系。它的主要成分是布和氧化锌……”

　　全场人都惊呆了。主持人把老花镜摘下来，又换上另一副眼镜，仔细地打量着项宁宁，好半天才说：“这位同学怎么没有参加正式比赛？”

　　全场人的目光又像探照灯一样，“刷”地一下射到项宁宁的老师身上。这位老师好糊涂呀！怎么埋没了这样一个天才！

　　老师不住地点头，脸涨得通红，汗都快流下来了。他也十分奇怪，项宁宁今天怎么会这样英勇，这样出众，居然为学校夺得三十分？

　　其实这没有什么奇怪的。每个人都有他十分熟悉的东西和事情。项宁宁从小几乎天天要和橡皮膏打交道。不过老师没有注意到罢了。

　　项宁宁生下来就有一副扇风耳。奶奶说：“哟！耳朵扇风，卖地的祖宗！”意思是说这样的耳朵是要败家的。

　　妈妈也不高兴，好端端的一个男孩子长了这样的耳朵，多影响美观呀！

　　后来不知是谁出了主意，用橡皮膏将项宁宁的耳朵贴在脑壳上，说这样长着长着就好啦，耳朵就不扇风啦……所以，项宁宁

从小就和橡皮膏打交道——撕耳朵上那不舒服的橡皮膏，玩橡皮膏的小纸盒。那盒子上写着的"氧化锌橡皮膏"大概是他接触得最早的文字。

当然，耳朵长的角度和大小主要与遗传基因有关系。项宁宁的扇风耳仍然照着自己的意愿和方向长下去。

长大了，项宁宁又和橡皮膏结下了不解之缘。鞋的前面有了洞，他在洞里洞外各贴一块橡皮膏，居然还能穿一阵子。蓝布裤子划破了口子也贴上橡皮膏，用蓝墨水涂一涂……时间久了，不论发生什么事，他首先就会想起橡皮膏。

二

世界上往往有这样的事：一个人有了好名声之后，他的优点就会被放大，他的缺点就会被缩小，甚至被人当成优点来讲。

项宁宁在竞赛上出奇制胜之后，老师和全班同学都对他刮目相看，尊敬而又神秘地叫他"橡皮膏大王"。

如果学习成绩不好，大家会说，项宁宁聪明过人，是他不愿意考好，如果愿意，准是一百分！

项宁宁趾高气扬，甚至欺侮别人。大家会说："人没有自信心还行吗？这就是男子汉的性格……"

好啦！没出两个月，项宁宁整个儿变了一个人。迟到、旷课，学习越来越差，喜欢欺侮人、嘲弄人，自以为是个天才。

他的口头语是："嗨！我不干就是了，要干比谁都强。"这话他自己信，别人也信。原来同学们常常笑话他的大耳朵，而现在，大耳朵却为他平添了几分神气。

又过了两个月，老师觉得不对头了，天才也要培养嘛，再好的树苗也要施肥、浇水和剪枝。

"项宁宁，学习可要努力呀！"

"讨厌！"

"项宁宁，你不要总欺侮人呀！"

"讨厌！"

"项宁宁……"别人还没有开口。

"讨厌！"

大家不愿意再和他玩了。老师也不再表扬他了。项宁宁表示了极大的气愤。

他每天橡皮膏的消耗量越来越大。裤子破了，不补，用橡皮膏贴；鞋子破了，不换，用橡皮膏贴；甚至成绩册上的坏成绩也用橡皮膏贴起来。这样才显得有气派，是天才，满潇洒的，橡皮膏大王嘛！

三

有一天，项宁宁旷课去买橡皮膏，他最不爱上数学课。

售货员是个他从没见过的胖胖的小老头，秃顶，有一张讨人喜欢的圆脸。

"哟！这位不是橡皮膏大王吗？"小老头眼里闪着狡黠的目

39

光，脸上却带着微笑。

"对！"项宁宁心里像大热天吃了冰激凌一样舒服，"你也认识我？"

"当然！难得的天才，什么都能干，只是不愿意干罢了，对不对？"老头儿一面说一面问周围的售货员。大家向项宁宁报以微笑。

胖老头从柜台里拿出一盒橡皮膏："最新产品——神仙牌橡皮膏，透明的，什么都能粘。"

"真的？"项宁宁十分兴奋。

"裤子破了，贴上它完好如新！"

"玻璃破了，贴了它，连缝也看不见！"

突然，老头压低了声音说："谁要是说你讨厌的话，贴上他的嘴巴，马上见效……"

"可是，我怎么敢往别人嘴上贴橡皮膏呢？"

"不用担心，这是神仙牌橡皮膏。只要把橡皮膏放在手心里，让别人闻一下就行啦！"

项宁宁高高兴兴地回到学校，刚一进校门，迎面碰上老师。项宁宁刚想低头溜过去，老师叫住了他。

项宁宁偷偷抬起头，看见老师满脸的怒气，不由得打了个哆嗦。

"你不要以为光知道什么橡皮膏就可以不学习了！"老师怒不可遏地说。

项宁宁生气了，他拿出橡皮膏，撕下一张，放在手心里："老师，你先嗅嗅。"

老师莫名其妙地俯下身子，将鼻子凑到项宁宁手前。

"啪"的一声，橡皮膏飞到了老师嘴上。

项宁宁吓了一跳。他知道，老师一定会气得跳起来。等他抬头一看，老师的嘴上却不见什么橡皮膏。奇怪，项宁宁手里的橡皮膏也没有了。

正当项宁宁又惊又怕的时候，只见老师笑眯眯地对他说："哟！你干吗还来上学呢？其实这么容易的数学你根本不用学。快回家休息吧！"接着，老师又笑着抚摸着他的头说："真是个聪明有出息的孩子啊！"

项宁宁开心地笑起来，那橡皮膏太神了，心想：这样的老师多和气，多可爱。

没过几天，项宁宁又给他的爸爸、妈妈还有那些经常批评他的老师和同学贴上了透明橡皮膏。一切全都变了。项宁宁被评为优秀学生，受到老师和家长的热烈祝贺。

就在项宁宁十分得意的时候，却发生了一件令他万万没想到的事情。

有一天，老师带着全班同学到河边去玩。河里有许多人在游泳。

项宁宁根本不会游泳。可他是橡皮膏大王，他吹牛："我要是下去，准比那些草包游得快，像百米赛跑一样的速度，比鱼游得还快！"

老师说："同学们，项宁宁游泳游得可好啦！我们大家欢迎他为我们表演一下怎么样？"

"好哇！"同学们热烈地鼓掌欢迎。

项宁宁知道自己不会游，可是又不愿承认。

一个同学说："他游得可快啦！我们都见过的。本来国家队请他去，可他不愿意……"

一瞬间，项宁宁仿佛记得自己是会游泳的，而且游得棒极了。于是，他"扑通"一下跳下水。

到了水里，情况可就不一样了。他喝了两口水之后，身子一个劲儿地往下沉。项宁宁举手乱抓。

老师却说："瞧，项宁宁装得多像，他在和我们开玩笑！"

情况十分危急。项宁宁想说他不会游泳，可是已经说不出话

了。

幸亏这时候，在河中游泳的几个小伙子合力把他拖到岸边。他们一面把他放在地上，让他把水吐出来，一面埋怨他的老师。

老师的眼睛里已经急出了眼泪，嘴里却说："他是装着玩的，他游得棒极了！"

看见了老师的眼泪和那奇怪的神情，项宁宁突然想起了那块橡皮膏，太危险了。他的脸色变得苍白……

身体稍稍恢复以后，项宁宁一口气跑到药店："你这个骗子，告诉我，怎么才能把老师嘴上的橡皮膏撕下来？"

胖老头微笑着，举着手凑到他跟前小声说："橡皮膏大王，不要急，你先嗅嗅！"

项宁宁将鼻子几乎贴在了胖老头的手上。只听见"啪"的一声，一块透明橡皮膏贴在了他的嘴上。他急忙用手去撕——什么也没有。

等项宁宁愤怒地张嘴时，他却发出这样的声音："这家药店的橡皮膏特别好，誉满全球……"

他的心几乎都要碎了……

理查三世

　　我也学着老教师的样子——倒背着双手，迈着稳健的步子，不慌不忙地从黑板的左边踱到黑板的右边，偶尔干咳一声。虽然两个月前，我还是个活蹦乱跳的小姑娘。

一

　　我也学着老教师的样子——倒背着双手，迈着稳健的步子，不慌不忙地从黑板的左边踱到黑板的右边，偶尔干咳一声。虽然两个月前，我还是个活蹦乱跳的小姑娘。

　　我的心"怦怦"乱跳。我不但是头一回当老师，更是头一回当班主任。眼前的四十二个学生就是我的"兵"，我就是他们的"司

令"。不过，这些"兵"能不能听指挥，那就要看我的"军事才能"了。

"哗啦"一声，我把粉笔盒碰到了地上。那是我拿教具的时候，太紧张的缘故。我觉得脸有些发烧，连忙蹲在地上捡粉笔。这会儿，仿佛真的产生了第六感觉。有人轻轻地咳嗽了一声。我也好像看见了背后的学生正在做怪样子。

突然，我的眼前出现了一个学生，他蹲在那儿正把滚到讲台下面的一根红粉笔掏出来。我那紧张的心顿时松弛了。一股暖融融的感觉流遍了全身。

这是个小个子男生，平头，圆脸，好像是营养不良，脸上有一种病态的颜色。他回去了，坐在靠墙一排的头一个。

"真会拍！"一个像蚊子样的声音忽忽悠悠地飘过来。血一下子涌上了我的头顶。我"腾"地站起来大声问："谁说的？"

教室里静悄悄的，没有人说话，也没有人回头，仿佛刚才谁也没说过那句话。一瞬间，我真有点怀疑我是不是听错了。

下课了，班长来帮我拿教具。他叫刘慎，是个热情洋溢的小家伙。我上任之前，他来找过我好几回。大扫除、搬桌椅，他出过不少力。因为还没有课代表，他主动帮我拿东西。

"刚才那句话是谁说的？"我问。

"我没听见。"他摇摇头。

"刚才帮我捡粉笔的同学叫什么？"

"他呀！"刘慎显出不屑的神色，"他叫宋春利。"

"你叫他到办公室来一下。"

刘慎扭过身子喊起来："喂，理查三世，老师叫你！"

我愣了一下："你叫他什么？"

"理查三世……噢！这是外号。"刘慎看见我疑问的神色，刚想说什么，宋春利已经无精打采地走过来。刘慎使了个我看不懂的眼色，抱起教具走了。

我把宋春利带到办公室，先表扬了他，然后又问他知道不知道怪话是谁说的。他一言不发，脚尖在地上划来划去。

沉默了好一会儿，任凭我怎么动员，他就是不说话。我忽然想起了他的外号。这外号起得怪呀！理查三世是英国历史上有名的暴君，他以狡猾和阴险闻名于世，难道宋春利会是这样一个同学吗……不会！再说，这也不符合学生们起外号的规律。于是，

我忍不住好奇地问："他们为什么叫你理查三世呢？"

宋春利忽然抬起头，脸"刷"地红了。那一瞬间我发现他的目光暗淡下来，然后低下头，脚尖也不再划地了。

坐在我旁边的张老师今天不知道怎么了，只是一个劲地咳嗽。我偶尔抬起头，才发现他正在目不转睛地盯着我，一个劲地摇头。我立刻明白了。于是赶紧对宋春利说了几句鼓励的话，放他走了。

宋春利刚刚走出门，张老师就指着我说："哎呀，你……"

原来，宋春利的大哥有过偷窃行为，二哥也有过。大哥如果算一世，二哥算二世，轮到宋春利是老三，所以叫三世。

"他也偷吗？"我有些惊愕了。

"听说上小学的时候，他用镊子夹过人家信箱里的信！"

"干什么？"

"撕邮票呗！有的信里说不定还夹着钱呢。"

"为什么叫理查三世呢？"

"偷东西总要把手往人家口袋里插，懂吗？所以叫理（里）查（插）三世。"张老师边比画边说。

"你怎么能当面问他……唉！"

我追悔莫及，都怨自己年轻。今天的第一课真倒霉……我当面揭人家的"短儿"，说怪话的那个坏家伙又找不着。唉！看来"司令"没当上，先要当"侦察科长"了。

二

放学的时候，班长刘慎突然跑进办公室。他看看周围没有人，

49

于是十分诡秘地说："老师，您知道说怪话的是谁？"

"谁？"我十分兴奋。

"您可千万别说是我告诉您的！"

我点点头："你快说吧！"

"是范冲说的！"

"范冲？就是那个文体委员？"我立刻想起坐在靠墙那排的最后一个男生，留着分头，两腮很瘦，颧骨很高。我记得听课的时候，他脸上毫无表情，当别的同学笑起来的时候，就更显出他的冷漠。他的存在使我心里顿时蒙上了一层阴影。

"没错，就是他！上学期您还没来，他是班长。后来因为抽烟，老师给他把班长撤了。团也没入成。"

"怎么还让他当干部？"我问。

"您不知道，他在班上特别有势力，男生们都怕他。要是把他一撤到底，班上非乱了不可！"

我觉得有一股凉气直往头上撞。此时此刻，什么教育学、心理学一股脑儿全都忘了。我大声喊："你去把范冲给我叫来！"

刘慎显出十分为难的样子。

"你怎么还不快去呀？"

刘慎站在那儿没有动，好一会儿，他才小声地说："您这样不就把我给卖了吗？"

听见这话，我强压着满肚子火气说："那你说该怎么办？"

刘慎眨眨眼睛，显得十分老练地说："第一，范冲总欺负宋春利，您要是说了范冲，他又得拿宋春利出气。第二，宋春利在班上名声特臭，您要是表扬他，同学们会觉得您偏向小偷。"

"好了，别说了！"我打断了他的话，挥挥手让他走了。

我思忖着刘慎刚才说的话，他说得虽然油滑，但也不是全没道理。我决定暂时把这件事压下去，看看再说。

三

有一天，第一节我没课，刚想坐下来改几本作业，刘慎忽然急火火地跑来说，教室的钥匙找不着了。我急忙跑上楼，看见我们教室门口挤满了学生，问昨天是谁锁的门，一个小组长说是他锁的，可是根本就没看见钥匙。范冲在一旁喊着："找理查三世，他有万能钥匙！"同学们"哄"地一下子笑起来。

别的班都已安安静静地上课了，只有我这个班乱哄哄的。我顾不上多问，赶忙跑到物理实验室借来钳子和螺丝刀，把门鼻子撬下来。开了门，我才发现门边和门框上已经是千疮百孔。这说明门鼻子不知道像这样撬过多少次，也不知道安过多少次了。

当我下楼的时候，脑子里突然出现了五个字："岗位责任制"——让每个同学负责一样工作，大家都工作，大家都当干部。

四

第二天，开班会的时候，我当众把一张张写着名字的小纸条贴在每块玻璃的右下角。然后大声宣布，每个同学就负责写着自己名字的那块玻璃。接着又分配了其他工作。最后我把门锁和钥匙拿出来说："这是我们班的锁和钥匙。我要找一个认真负责而又愿意为大家服务的同学来管……"

突然，有人小声说："干吗不让班长管？"

我没有生气，这话似乎有点道理。我看见刘慎的头快低到桌沿上了，连忙解释说："我们每个人都是这个班上的主人，不能什么事情都让一两个人去做……现在，我看谁最勇敢？"

可是谁也不勇敢，没有人搭腔，没有人举手。我有些急躁起来。这可叫我怎么下台呀！早知这样，我是绝不这样干的。

这时，我看见了坐在第一排的宋春利。他一点也不紧张，因为包括我，大家心里都明白，这种事决不会交给他，也不应该交给他。因为他是"理查三世"呀！

我的目光从他的脸上移开了，又对大家说："谁自告奋勇？"

没有人说话。我心中暗暗叫苦，我哪儿还像老师，这不成了吆喝卖西瓜的小贩吗?

这时，我又看见了宋春利。忽然，一个想法在我的脑子里飞快地翻腾了几下。我咳嗽了一声，然后十分庄重地说:"我决定让宋春利同学负责我们班上的门和钥匙!"

"哟……"同学们不满地叫起来。

"找谁也比找他强啊!"

"我不管!"宋春利站起来满脸通红地说，他几乎要哭出来。

我真是给逼得山穷水尽了。我下定决心，错，也就错到底。我从讲台上拿起钥匙，走到宋春利的跟前，按住他的肩头说:"拿着，老师信任你!"说实在的，当时，连我也不知道怎么说出这句话的。我凭什么信任他呀!说着，我托起他的手，把钥匙放到他的手里，转身走了。

当我在讲台上转过身来的时候，发现他还呆呆地站在那里。

下课了。范冲高喊着:"好!我们班贼当家!"我狠狠地瞪着他。他却毫不在乎地拎起书包跑了。

我在办公室里刚刚坐下，班长刘慎跑到办公室对我说："老师，大伙都说，赶明儿上课间操场都要背上书包了……怎么能让'三只手'管钥匙呢？"

我没好气地说："谁是'三只手'？你们两只手的为什么不管？"

刘慎不说话了，可是也不敢走，站在那儿来回摆弄他的书包带儿。

过了一会儿，我的心慢慢平静下来，想起刚才分配工作是有点头脑发热，事情没有考虑周全为什么就忙着开班会呢？我对刘慎说："对有缺点的同学也要帮助，另外，我还交给你一个任务……"

听我说完，刘慎高兴地走了。

五

我的"岗位责任制"实行以来，的确起了不小作用。那种鸡毛蒜皮的小事少多了。我心里暗自高兴。班主任的工作，我总算多少摸出了点门道。

有一天，我和班干部们在教室里开会。散会的时候，天已经黑了。我看见宋春利一个人站在教室门口，问他："找我有事吗？"

"没事，我等着锁门。"

我心中不由一热，连忙说："我手里也有一把钥匙。忘记告诉你了……肚子饿了吧？"

"没事！"他锁上门，拿起书包默默地走了。望着他的背影，我很感动。自从宋春利管钥匙以来，我没有再听说过什么锁和门的不幸遭遇。他用废铁皮在门边上包上了一层，我都没有顾上鼓励他……明天我一定要在班上好好表扬他。

第二天上午，刘慎又跑来找我。他告诉了我一个最新情况："老师，这些天理查三世身上总带着一把镊子，外面还有一个小皮套。今天上课的时候，他偷偷拿出来看……会不会是老毛病又犯了？"

"好！继续观察！"我心想，表扬的事儿先放一放，省得让同学们以为我看错了人。

日子一天天地过去了，班上总算平安无事。关于镊子也没再听到什么情况。

这一天早晨，学校通知各班利用体育课的时间做大扫除。我们班刚好是第二节课。

上课之前，范冲忽然跑到办公室来找我。他从来没有显得这样热情，这么诚恳过。

"老师！让我去吧！"

"什么让你去？"我有些莫名其妙。

隔桌的张老师说："每个班选一个同学去人民大会堂参加中外青少年联欢会……这家伙，耳朵还真灵！"

"让我去吧！"范冲嬉皮笑脸地说。

我的心动了一下。这倒是个机会，这次鼓励鼓励他，将来他可能就不会那么阴阳怪气了。我的心里有了数，嘴上却说："到时候，由大家选，我说了不算！"

"大家选，没问题！"范冲高兴地说。

张老师说："最近，你们班宋春利表现可不错，什么好事可都没轮到过人家！"

范冲不高兴地看了张老师一眼："让大家选呗，选上谁谁去！"

这会儿，我犯起嘀咕来。要说心里话，我挺喜欢宋春利这个孩子。但是，不让他去，他决不会有什么意见；要说范冲，我一点好印象也没有，他自私，不诚实，什么事情只要不顺着他，一大串怪话马上就会飞出来。这次如果不让他去……他又要求到我的头上。从大局出发，还是让他去，对我开展班上的工作有利……

大扫除开始了。男生和女生分开。女生负责用玻璃片刮去墙上的碎纸，然后再用水冲洗干净。男生负责拔卫生区的野草。

我在女生那边干了一会儿，又来到了男生这边。不看则已，一看我简直气坏了。野草几乎都还没有拔，只有班长刘慎和宋春利蹲在那儿拔，其他的同学都坐在台阶上用石头子儿互相砍着玩。看见我，大家才慢条斯理地站起来。

这时，范冲不知从哪儿跑回来，看见这种情况，大声喊起来："谁不卖力气，谁是孙子，快干！"说着他还给了一个同学脖子上一巴掌。这事儿也怪了，挨了巴掌的同学居然一点也不恼，其他同学也飞快地拔了起来。

还没等到下课，草已经拔完了。范冲看着我得意地笑了笑。我站在那里，不知为什么，心里有点不是滋味。

第三节是物理课，两分钟预备铃刚刚响过，我正要去给别的班上课，迎面碰上了班长刘慎。

"老师！锁开不开了！"

"宋春利呢？"

"他也没办法！"

我拿上钥匙，上了楼，看见同学们都围着锁头七嘴八舌地出主意。我凑到跟前一看，坏啦！钥匙孔里不知道被哪个坏小子给塞上了几根火柴杆儿，外面还不留头儿。唉！当班主任真是费老劲啦！

大家看我来了，纷纷献计献策。这个说用火烧，那个说用硫酸腐蚀……这些办法根本行不通。

宋春利走了过来，看了看，一句话也没说。我连忙问："有什么办法吗？"

他看了看大家，似乎是犹豫了一下。

"快想想办法！"其实我知道现在的办法只有锯锁头了。因为门鼻子已经被宋春利改装了，从外面根本撬不下来。

看着我那焦急的神情，宋春利仿佛是下了极大的决心，从裤子口袋里掏出了一个小皮套，然后从里面取出了一把镊子。这是一把电镀得非常亮的镊子。

有个同学喊起来："镊子！镊子来啦！"宋春利的脸立刻红了。我明白了对方的用意。我不知是哪儿来的一股劲，差点把那个同学推了个跟头。

宋春利用镊子夹住锁眼中的火柴杆儿，一根根地往外拔，没有想到他是那样的顺利。当同学们拥进教室的时候，我激动地拉着他的手说："谢谢你！"

他的脸又红了。

我说："告诉我，你干吗总把镊子带在身上？"

宋春利说："上小学的时候，有一次锁孔里就被塞上了火柴杆儿，我看见一个老师就是用了镊子……"

"你带镊子就是为了干这个？"

"嗯！从您把钥匙交给我的那天起，我就一直带着它……"

六

下午第二节课是自习，我来到教室宣布了选代表去人民大会堂的事。

教室里顿时像开了锅。范冲最活跃，看见我站到了讲台上，

58

大声维持秩序："别吵了，听老师的！"他这么一喊，教室里果然安静下来。

我说："今天由大家自己选！现在提名。"

教室里安静了，有的同学在窃窃私语，但就是没人举手。过了一会儿，范冲忍不住了，他说："老师，刘慎说他要提名！"

"刘慎，你说吧！"我朝着刘慎点点头。

刘慎有些不情愿地小声说："我提范冲，他劳动挺卖力气的！"

"同意！"几个男生喊起来。

"还有提别人的没有？"我问。

"没有啦！"还是那几个男生在喊。

"我们提郭萍！"几个女同学突然发言了。郭萍是班上的卫生委员，各方面都挺不错的一个女孩子。

刘慎的屁股在椅子上扭来扭去，居然没有人提班长，他不免有些懊丧。

我的眼光落到宋春利的身上。即使选不上，有个人提他也好呀！我又问："还有谁？"没有人再说话了。

"那我们举手表决吧！"我说。

"无记名投票！"女生们喊了起来。

这么点小事也要投票，真是的！可是我看见她们那认真的样子时，还是点点头同意了。

范冲自告奋勇，撕了好几张作业纸，做了"选票"，微笑着送到每个人的手上……

票写好后，由我亲自收上来，刘慎在讲台上宣读，我在黑板上写"正"字。

"宋春利！"刘慎念道。刚一念完，他好像吓了一跳，看了看大家，又看看我。

"快往下念！"班上有人催促着。

"宋春利！"刘慎又念了一张票。我有点奇怪，也凑到他的跟前。果然不错！

教室里的空气变得活跃起来，然而并不乱。许多人都聚精会神地听着刘慎的声音。刘慎的威信从来没有这样高过。

读票的结果，宋春利居然得了三十五票，卫生委员郭萍得了六票，范冲只得了一票。当我宣布结果的时候，同学们热烈地鼓起掌来。

　　这次我的目光没有落在宋春利的身上，而是飞快地向范冲投去，我怕他会闹起来。不过还好，虽然他没有鼓掌，但也没有说话，只是涨红了脸，呆呆地望着前面的黑板。

　　一瞬间，我忽然觉得心中某个地方变得明亮起来……

老鼠药店

老鼠知道，这是人吃的东西，气味有点怪。可是，既然狡猾的人都敢吃它……老鼠心中一动，不由得把其中一片含在嘴里尝了尝——有点苦，可又舍不得吐出来。

一条河把小镇分成南北两半。河的南边有个小医院，里面有位远近闻名的医生；河的北边有座土地庙，多年断了香火，房子破旧，里面住着一只老鼠。

有一天，这只老鼠什么吃的也没弄到，就气呼呼地在大殿里的柱子上磨起牙来，"咯吱——咯吱"，难听极了。

"你是锯木头做家具吗？"突然传来一阵清脆的声音。老鼠

吓了一跳，赶紧跳到角落里，四下张望，只见离它不远的地方，趴着一只蟋蟀。

"呸！"老鼠从躲藏的地方跳出来，狠狠地吐了口唾沫，继续磨牙。

"这柱子已经很糟了！"蟋蟀说。

"少管闲事！"老鼠恶狠狠地瞪起又黑又圆的小眼睛。

"要是房子倒下来……死老鼠的气味真是奇臭无比。"蟋蟀像是在和自己说话。

"滚蛋！你这小东西，看我不咬死你！"说着，老鼠猛地向前一扑。

蟋蟀轻轻一跳，恰好落在老鼠的尾巴上，笑着说："别看我个子小，脑子里可有智慧！"

老鼠将尾巴用力摆了几下，想把蟋蟀甩下来，但没有成功，于是愤愤地说："智慧顶个屁用！智慧能吃吗？"

"如果你说话客气点，我倒可以告诉你一个吃饭的地方。"

"你爱说不说，我就是这个脾气！"

蟋蟀轻轻地跳到门口，回过头来说："好吧！我要回去吃饭啦！等你的肚皮变得透明的时候，我再来看望你。再见！"说着，蟋蟀跳上了门槛。

老鼠急忙追上来，低声说："好吧！请你告诉我……"

蟋蟀笑了："你从后门走出去，过一座小木桥，河的那边有个新的垃圾堆，你可以去拜访一下。"

转眼的工夫，老鼠已经在垃圾堆里卖劲地干起来。可是没想到，这么大的垃圾堆不是烂菜叶，就是破布头、碎纸片。整个垃圾堆都翻遍了，老鼠只吃到了一块馒头皮。

真倒霉！老鼠气喘吁吁地坐在后腿上发呆。突然，它的眼光落到了几个白色的纸袋上。它上前用牙咬住，轻轻一抖，几个白色的小药片掉在地上。老鼠知道，这是人吃的东西，气味有点怪。可是，既然狡猾的人都敢吃它……老鼠心中一动，不由得把其中一片含在嘴里尝了尝——有点苦，可又舍不得吐出来。

"骨碌"，药片滑进了肚子。老鼠咂咂嘴，味道不好！于是它又重新钻进了垃圾堆。

过了一小会儿，老鼠忽然觉得有点头晕，爪子也开始不听使唤了。它心想：坏啦！一定是吃了毒药。莫非我就要死了吗？它真想哭，可是居然连哭的劲儿都没有了。

当天傍晚的时候，老鼠倒在了地上……

二

不知过了多长时间，天下雨了。几滴大雨点打在老鼠的头上，老鼠醒过来了。当它发现自己没有死，只是睡了一大觉的时候，它高兴得在雨地里跳起舞来。

雨下大了，老鼠急忙拖了两片烂菜叶向小庙跑去。

"你上哪儿去啦？两天没回来了。"蟋蟀站在门口和它打招呼。

"你这坏东西，害得我好苦！"老鼠一面抖着身上的雨水一面说。

"这话从哪儿说起？"蟋蟀奇怪地望着它。

当老鼠说了事情的经过以后，蟋蟀却拍着油亮的翅膀笑了起来。

"笑什么？可恶的东西！"老鼠狠狠地说。

蟋蟀不笑了，它凑到老鼠跟前小声说："如果……把这东西给猫吃了，你看会怎么样？"

老鼠先是一愣，接着便高兴地跳起来。不过，当它落到地上的时候，却又愣住了。

"猫怎么会吃药片呢？"

"放在猫食上怎么样？"蟋蟀说。

"它根本不吃！"

"要不，把药片泡在猫喝的水里！"

"不成！猫鼻子能嗅出来。"老鼠摇摇头。

"想起来啦！等喝鱼汤的时候放，鱼汤腥味大，猫准上当。"

老鼠取回了药片，开始实行它的伟大计划。终于有一天，它成功了—— 一只号称捕鼠冠军的猫整整昏睡了一夜。这使老鼠除了吃饱之外，还往土地庙里搬了三次东西。

从此以后，每当老鼠从垃圾堆路过的时候，总不忘将一袋袋被人们丢弃的药片带回土地庙，珍藏在佛像的身后。

有一天，老鼠为了对付一只全镇身材最大的猫，它特意找出一粒最大的药片放到猫喝的汤里。

半夜时分，一切如愿以偿，那只猫打起呼噜来。老鼠敏捷地跳进屋里，开始大胆地收拾它认为应该搬走的东西。它得意极了，甚至想吹吹口哨。它笑眯眯地回过头想去看看那只上了当的老猫。坏了！那只猫已经不在原来的地方了。

老鼠叫声"不好"，放下东西就跑。那只猫却像箭一样蹿了过来。

眼看老鼠就要惨死在猫的利爪之下，老鼠却猛然向上一跳，上了椅子，又一跳，上了桌子。"哗啦"一声，一瓶墨水倒了。老猫愣了一下，这才使老鼠捡回了一条性命。

三

老鼠精疲力竭地逃回小庙，向蟋蟀讲了刚才那可怕的一幕。

"恐怕不是所有的药片都能催眠。"蟋蟀想了一会儿说。

老鼠恍然大悟，赶忙跳到佛像的背后，去找那种吃了能睡觉的药片。可惜，它的药太多啦！都是圆圆的，白白的……到底哪一种吃了才能睡觉呢？

蟋蟀一直陪着它找到天亮。这时，土地庙的门忽然"吱呀"一声开了。从大门外走进来一个老婆婆，怀里还抱着个小娃娃。老鼠和蟋蟀连忙躲了起来。

原来，老婆婆的小外孙得了病，又发烧，又咳嗽。老婆婆半夜抱着孩子到医院看病。医生给孩子打了针，吃了药。可是老婆婆还不放心，她想再求求土地爷，更保险一些。

她不顾地上的灰尘，跪下便叩头，嘴里还嘟嘟囔囔地念着。

突然，她的目光停在土地爷前面的破桌子上不动了。桌子上有一粒白色的大药片。

一瞬间，老婆婆惊呆了。她赶紧把小外孙放在地上，然后将药片取过来，仔细包在一块手帕里，又把一大包东西放在破桌子上，这才抱起小外孙，千恩万谢地走了。

老鼠和蟋蟀一起跳到桌子上，一股甜甜的香味从包里散发出来。老鼠咬开包着的纸，眼前是一大堆蛋糕。

"这样好的东西，你说我吃不吃？"老鼠问蟋蟀。

蟋蟀摇摇脑袋："人是非常狡猾的！"

"这么好的东西，吃死了也值得！"老鼠使劲咬了一口。

"不能再吃啦！"

"一口也是死，两口也是死，不如吃个痛快！"一眨眼的工夫，两块蛋糕进了老鼠的肚子。老鼠开始打盹儿。

"我给你弹琴，咱们娱乐一下，防止消化不良！"蟋蟀关心地说。

"什么娱乐！睡觉！睡觉！"说完，老鼠就睡着了。

蟋蟀摇摇头，也睡去了。

不知什么时候，庙门"哗"地一下又开了。只见那位拿药片的老婆婆又回来了。这次她的身后跟着许多人，吓得老鼠和蟋蟀慌忙躲藏起来。

老婆婆跪在地上，好半天都没起来，只是一个劲儿地叩头。

一个人问："老奶奶，土地爷真的给你药了吗？"

老婆婆立刻显出十分激动的样子，把事情经过说了一遍，最后还补充说："我的小外孙吃了土地爷给的药，当天中午就退了烧，到了晚上就全好啦！"

黑暗的角落里，老鼠和蟋蟀暗暗地笑了。

土地爷显灵给人治病的事，就像一阵风吹到了镇子上每个人的耳朵里。没有几天的工夫，一向冷清的土地庙成了全镇最热闹、最神圣的地方。人们有病也不愿意再到医院去啦。

当然，因为土地爷只给药片，不给开病假条，所以，只有要请病假的人才偶尔来到医院，拿了假条以后，再把药片扔到垃圾堆里。

四

终于有一天，土地爷发药片的信息传到了医生的耳朵里。他根本不相信，于是决定到土地庙里看个究竟。

到了庙门口，医生看见许多人拥挤着围成一圈儿。医生挤到前边，只见一位老大爷手里拿着一片药片，像宝贝一样地捧在手里，只准看、不准摸。

医生低下头仔细一瞧，只见药片上写着"APC"，不禁吃了一惊。这土地爷真是神通广大——怎么还认识外国字呢？

这天夜里，医生悄悄地躲在小庙的一个角落里，细心察看。

第一夜过去了，没有动静；第二天又过去了，还是没有动静。到了第三天，天刚蒙蒙亮，医生正准备回家，突然看见一只老鼠嘴里叼着一袋药片从门口跑进来。

医生冲上去，大喝一声。老鼠跑了，药袋落在地上。医生捡起来一看，这正是他昨天给病人开的药。

医生忘记了几天来的疲劳。他高举着药袋，对着正要前来叩头的人们喊起来："乡亲们，土地爷根本不会送药，这里只有一只老鼠……这药是我的……"他这样高喊着，许多人围了过来。

开始，大家只是奇怪地看着他，过了一会儿，就有人议论起来。

"他胡说些什么呀？"

"他说土地爷是只耗子！"

"得罪了土地爷可不得了哇！"

人们的声音渐渐大了起来，医生的话被愤怒的声浪淹没了。最后，他被人们从庙门口推了出来，跌在地上半天都爬不起来。

那位第一次拿了药片的老婆婆尖声叫着："他得罪了土地爷，我们大家都要倒霉的！"

她这么一喊，人们变得慌乱起来。这时，一位被全镇公认最聪明的人跳上台阶大声说："为了给土地爷赔罪，也为了感激土地爷保佑我们免病消灾，我建议重新修建土地庙！"

他的建议得到了许多人的拥护，于是大家纷纷凑钱，请了最好的泥瓦匠。

在破土动工的那天，蟋蟀慌慌张张地跑来告诉老鼠这个消息。它们不知道镇上人们的心意，匆匆忙忙地搬了家。

新的土地庙修好了，可是土地爷的"神药"呢，人们却再也拿不到了。

小驴儿模特儿

当月亮爬到天空中间的时候，长满酸枣的小山包上，传来了小驴儿急促的"嘚儿哒，嘚儿哒"的脚步声……

早晨，小驴儿跟着妈妈驮着满满两大筐东西，走到村子中间，看见母猪正在猪圈旁边晒太阳。

驴妈妈十分客气地上前打招呼："大姐，闲着哪……"

"闲着！不闲着怎么着？你也想让我驮东西是不是？真是没话找话儿！"母猪一年难得发几次脾气，驴子便是唯一的发泄对象。

"你——你——你怎么这么说话？我是好意问候你！"驴妈妈气得浑身哆嗦，说话都结巴起来。

"得了，话都说不清，还问候呢！蠢驴！"

就像一个石头蛋子噎在嗓子眼儿，驴妈妈差点没憋死。

小驴儿跳着叫起来："有什么了不起，大肥猪！"驴妈妈赶紧把它推走了。

回家以后，驴妈妈一天没吃饭，晚上就病倒了。

夜里，气愤难平的驴子们聚在一起开会。

"我们驴子真是太老实了。一年到头辛辛苦苦地干活,到头来，连母猪都敢欺侮咱们……"驴子们长吁短叹，可是一点办法都没有。

这时，一头刚刚从城里拉车回来的驴子慌慌张张跑进来："不好啦！不好啦！听说，听说，听说——"

所有驴子的心一下子被吊到嗓子眼儿，大家都做好了向外冲的准备。

"镇静！镇静！"一头老驴连忙跑到门口，"听说什么？"

"听说小驴儿要被送进城，当模特！"

"什么是模特？"驴子们一起叫道。

"哎呀！他还是个孩子呀！"小驴儿的妈妈急得哭起来。她把模特当成了烧驴肉一类的东西。

所有的驴子都露出了惊恐的神色，只有那头老驴却开心地笑了。

"孩子们！我们的出头之日到啦！"

驴子们一齐回过头来，奇怪地望着它。

"听好！画家要是画谁，谁就被叫做模特！"

当老驴解释到小驴儿的模样将被画到纸上，放到展览会进行展览的时候，驴子们一齐欢呼起来。

"小驴儿，我的好孩子，让大家看看你！"驴妈妈慈爱地叫道。

听到呼唤，小驴儿从黑暗的角落里跳了出来。在大家疼爱和欣喜的目光之下，它低着头，一只耳朵支棱着，一只耳朵耷拉着。这突如其来的荣誉使它有些头晕。

第二天早晨，全村所有的驴子都来送行了。它们昂着头，眼睛闪闪发亮，挨着个用脸蹭着小驴儿的脸。尤其当它们看到和小驴儿一起当模特的，还有一只讨人喜欢的波斯猫和一只全村最精神的小黑狗时，它们更觉得从来没有像今天这样扬眉吐气。

驴妈妈不放心地叮嘱小驴儿："千万不要和人吵架，遇事要忍耐。"

老驴十分庄重地对小驴儿说："不要辜负了大家的期望……"

只有母猪在一旁愤愤地说："哼！有什么了不起？赶明儿等我再生孩子的时候，挑几个好看的，也当模特！"

路上，小驴儿高兴地跑在最前面。它觉得天特别蓝，草地也格外柔软，"骨碌儿"，它忍不住打个滚儿。突然，它觉得自己责任重大，于是又抬头挺胸庄重地迈着步子，等着后边的波斯猫和小黑狗。

这时，它听见波斯猫说："小毛驴干吗和咱们一块去呀？"

猫的声音很低，可还是给小驴儿听见了。

"啦啦啦，多一个朋友不是更好吗？啦啦啦！"小黑狗只顾唱着自己编的进行曲。

它们三个进了城，被带进了一个大院子，这里是画家们画画的地方。

波斯猫、小黑狗、小驴儿一字排开，两个画家仔细打量着它们。

"不错！这猫挺招人喜欢！"一个画家说。

"嘿！这狗真精神！"另一个画家说。

小黑狗挺了挺小胸脯。

"这小驴儿也还可以……"一个画家说。小驴儿高兴地支棱起大耳朵。

"唉！可惜瘦了点，要是胖点就好了！"那个画家又补充了一句。

小驴儿觉得鼻子好像给人打了一下，酸溜溜的。它低下头，使劲闭上眼睛，不让眼泪掉下来。

画家们支起画板，一位开始画波斯猫，另一位开始画小黑狗。小黑狗有点同情地看看小驴儿，那只波斯猫却一本正经地坐在那儿，一动也不动。

这下子，小驴儿可急了，它几次偷偷站到画板前边，可都被人家撵开了。

小驴儿怏怏地在院里转来转去，人家给它的青草，它连看也不看。"唉！脏点还能洗。可是要长胖，哪有这么容易呢！"它真想躲在树后边，好好哭一场。

突然，它觉得眼前一亮，一个水池子旁边放着个塑料口袋，

里面有点亮晶晶的白粉。

在老家的时候，小驴儿见过这种白粉。喂猪的时候，人们常把这白粉拌在饲料里给猪吃。听妈妈说那叫"肥猪粉"。母猪之所以长得那么胖，都是吃了"肥猪粉"的缘故。

"哈！"小驴儿没想到这里也有这种东西，它一下子跳到塑料袋前，开始用舌头舔起来。

这东西有点发滑，又有点发苦，不好吃，可是，它得马上胖起来呀！

不一会儿，小驴儿就把里面的白粉吃光了。它有点渴，又咕咚咕咚喝了好多水，然后兴冲冲地蹦到小黑狗面前。

"小黑狗，你看我胖点了吗？"小驴儿刚一张嘴，一大串五光十色的肥皂泡从它嗓子里飘了出来。

"你怎么啦？"小黑狗奇怪地看看它。

"快说呀！我胖了吗？"又一大串肥皂泡飞出来。

看见肥皂泡，小驴儿也吓了一跳。咦！母猪吃了也没见嘴里吐泡泡呀！

现在，不用小驴儿说话，只要它张着嘴，肥皂泡就不断地从它嗓子里飘出来。院子里到处都是，就跟小气球一样。

画家们一齐笑着叫起来："这小驴儿真好玩，一定是吃了肥皂粉……"

小黑狗笑得前仰后合，最后干脆在地上翻起跟头。

只有波斯猫一动不动，它装着看不见，仍然很严肃地盯着画板。

小驴儿觉得肚子有点难受。可是，它看见画家们都笑着看它，它也很快活。于是也跟着傻乎乎地笑起来。

这时，那位画猫的画家笑着说："我看这小驴儿比猫有意思！"

波斯猫听见这话一哆嗦，小驴儿却高兴地笑起来。

肥皂泡一直冒到中午饭的时候，才渐渐稀少起来。

小驴儿一直处于兴奋状态。当画家们走了以后，它绕到画板前边，只见上面用铅笔勾出了波斯猫和小黑狗的轮廓，可是，连个小驴儿的影子也没有，小驴儿难过地垂下了头。

"自己画不成，不要瞎捣乱好不好！"波斯猫走到小驴儿面前不满地说。

小黑狗生气了："你干吗这么说？你没看它特别难受嘛！没关系，小驴儿，你挺可爱的……真的！"

这时，几个小淘气的孩子趁大人不在，跑进院子。

"瞧，这就是那头会吐泡泡的小毛驴！"一个小胖子说。

"现在怎么不冒啦？你吹牛！"孩子们起哄起来。

"不是吹牛，我亲眼看见的！"

"瞎说！小毛驴怎么会吐泡泡！"孩子们笑着往外走。

小胖子脸一下子红了。他跑去找来一块肥皂，向孩子们喊："你们等着，看我让它吹泡泡！"说着就把肥皂往小驴儿嘴里硬塞。

小驴儿咬紧牙关。这时，波斯猫却笑眯眯地说："小毛驴，你就吃了吧！"

小黑狗狠狠瞪了波斯猫一眼。

"把它的嘴用棍子撬开！"小胖子使劲抱着小驴儿的脑袋喊。

"踢他们！"小黑狗忍不住叫了起来。

小驴儿举了举小蹄子刚要使劲，它想起了妈妈的话，要忍耐。要是踢了人，画就画不成啦！于是它咬着牙把蹄子放下来。

看见小驴儿不敢踢，那个小胖子把一根挺粗的树枝伸到小驴儿的牙齿中间，可怜的小驴儿只好原地转磨磨。

小黑狗急了，它冲上去照着小胖子的脚上就咬了一口。小胖子大喊了一声，松开手，回头狠命踢了小黑狗一脚，一边喊着："拿棍子去呀！"一边跑掉了。

这一脚可踢得不轻，小黑狗在地上趴了半天。

"小黑狗，踢坏了吧？"小驴儿走到小黑狗旁边，难过地说。

"没事儿！我经常挨打！"小黑狗挣扎着站起来，装出不在乎的样子，"给我点水，小驴儿。"

　　小驴儿去给小黑狗找水。波斯猫走到小黑狗面前："小黑狗！你干吗管那么多闲事？小心画不成……"

　　小黑狗转过脸，没说话，它的肚子实在太疼了。可是，当小驴儿转回来的时候，它却故意在草地上跳了两下。

　　小驴儿高兴地笑了："你身体真棒！不怕打！"

　　"嗯！不怕打！"

　　中午吃过饭，小驴儿变得迷迷糊糊的，于是它就把头靠在栏杆上打起瞌睡来。

　　它梦见自己跳到河里去了。好凉哟！小驴儿打了个冷战。醒了！它看到一个画家正在往它身上浇水，打肥皂，然后又用大刷子给它洗澡。刷子很硬，可是挺舒服，刷到肚皮的时候，小驴儿觉得怪痒痒的，它忍不住咯咯笑起来。

小驴儿突然感到很奇怪："咦！这是干什么？"

"你还不知道，待会儿画家就要给你画像啦！"波斯猫站在门口。

"真的？"小驴儿高兴地拼命往上一跳，大脑袋咚的一下碰到栏杆上，嘿！居然一点儿都不痛。小驴儿围着院子撒着欢儿跑起来。

突然，它想起了什么，又颠颠地跑回来。

"喂！小黑狗呢？怎么没见小黑狗？"

"小黑狗病啦！就是因为它病了，才给你画的。"波斯猫说。

"是吗？"小驴儿一下子愣住了。它急忙跑到小黑狗住的小木箱前边，可怜的小黑狗正趴在那儿哼哼。

"都是为了我，你才这样的……"小驴儿难过地说。

"没事！"小黑狗抬起头，咧着嘴努力笑了笑，"能画你，我也挺高兴。我一直觉得你挺好的……去吧！到了晚上我就会全好了！"

整个下午小驴儿站在画板前面，原来那股兴奋劲都没有了！它也知道画它应该是件高兴的事，可不知为什么，它怎么也高兴不起来。

到了吃晚饭的时候，小驴儿跟前的盘子里放着五个大馒头，小驴儿叼起两个去找小黑狗。

"还疼吗，小黑狗？"小驴儿说。

"挺得住！对啦，还没吃饭吧？我给你留了点东西。"说着小

黑狗从地上叼起一块骨头，"这上面肉多，我特意留给你的。"

小驴儿从来不啃骨头，可是，它心里很感动。它把馒头叼过来：
"瞧！我给你留的。"

小黑狗看看雪白的馒头，没有说话，眼圈有点发红。

小驴儿安慰它说："快吃吧！天都黑了！吃完了早点睡觉。"

小黑狗摇摇头："我不想吃，我的肚子疼得厉害。"说着话，小黑狗闭上眼睛。

"小黑狗！你怎么啦？"小驴儿急了。

小黑狗吃力地抬起眼皮："我可能不行了。我从来没有这样疼过……"说着又闭上眼睛，急促地喘着气，身子一抖一抖的。

这时候，天已经完全黑了下来，大门"砰"的一声关了。院子里只剩下小驴儿、小黑狗和波斯猫。

小驴儿哭了，它大声地叫起来。

波斯猫跳了过来，紧张地问："出了什么事，小毛驴？"

"小黑狗要死了。你快去叫人，给小黑狗看看病！"

"你去叫吧！"波斯猫犹豫地说。

"可是我不能从窗户爬到画家屋子里呀！"小驴儿急得直跳。

"画家一定睡觉了。现在去把他们叫醒，多讨厌啊！"

"可是，小黑狗快要死了呀！"小驴儿隔着栏杆又大声起来。

周围静悄悄的，没有人理它。

这时，奄奄一息的小黑狗低声地说："小驴儿，不要再叫了。能死在好朋友的跟前，我就挺高兴……不过，我真有点儿想家……"说着，两滴眼泪从小黑狗的眼眶里掉了出来。

小驴儿这会儿不知从哪儿来了那么大力气，它用力往外一冲，栏杆断了。它跳了出来，然后趴在地上。

"小黑狗，爬到我背上来！"

"干吗？"

"我带你回家！"

小黑狗吃力地爬到小驴儿背上。

"抱住我的脖子！"说着小驴儿站起身来，向院子的一段矮墙冲去。

"小毛驴，你的画还没有画完，你会后悔的！"黑暗里传来波斯猫的声音。

小驴儿犹豫了一下。可是，它想到背上的小黑狗，又倒退了几步猛地向上一蹿，越过了那段墙，向大街跑去。

路上，一个人也没有，凉爽的小风吹来，树叶哗哗作响。

一边跑，小驴儿一边想：画还没有画完，回家以后妈妈会怎么说我呢？母猪更要说闲话了。

想到这儿，小驴儿的脚步不由得慢下来。可是又一想：小黑狗都快死了，哪能不救它？只要到了家，兽医就能把它的病治好啦。想着，它又飞快地跑起来。

当月亮爬到天空中间的时候，长满酸枣的小山包上，传来了小驴儿急促的"嘚儿哒，嘚儿哒"的脚步声……

纽扣

南南心里好得意呀！她故意不动声色地把书包从肩膀上取下来，慢慢地放进课桌。然后用小手拽了拽衣服的下摆，笑眯眯地说："你们猜！"

窄小的屋子里只放得下一张桌子。妈妈要备课。南南是一年级小学生,也要做功课。爸爸只好到厨房去看书。别人家就不这样。

　　莉莉家里有钢琴,有大彩电。小丹家也挺阔气,贴着墙一溜大组合柜,米黄色的,闪闪发光,像镜子一样可以照出人影。可是,南南家就不行。南南的爸爸妈妈都是小学教师,工资不多,日子总是紧巴巴的。那次发了工资,南南和爸爸妈妈一起去百货商店。妈妈要给爸爸买一件春秋时候穿的外衣。柜台前,妈妈正在打听衣服的价钱,不知什么时候,爸爸手里拿着一条裙子走到妈妈面前。

　　那是一条藕荷色的西服裙。不但样式新,做工细,料子也高级。要知道,藕荷色是妈妈最喜欢的颜色呀!

　　妈妈的眼睛一下子亮了。她拿着裙子在身上比着,还到镜前照了好一会儿。南南觉得妈妈一下子变得年轻了。可是问过价钱之后,她不好意思地把裙子还给售货员。

　　"买吧!我的外衣先不买!"爸爸说。

　　妈妈咬着嘴唇想了一会儿说:"裙子的样子我记住了,将来有机会买块料子头,我自己做!能省好几十块钱呢!再说都快冬天了,也穿不着。"

过了好几个月，冬天都来了，妈妈的料子头还没买上……

"睡吧，南南。"妈妈说。

"不！我要再玩一会儿。"南南说。

"乖孩子，你明天还要上学，睡吧！"妈妈替南南把被子拉开。

"妈妈也睡，妈妈明天还要上班。"

妈妈笑了，她的眼角现出几丝浅浅的皱纹。

南南睡着了，她在妈妈那温暖而又柔软的手指的抚摸下睡着了……

"南南，起来撒尿。"

南南迷迷糊糊地爬起来，蒙眬中，她看见桌子上摆着她那件镶花边儿的呢子外套。那是妈妈在秋天的时候就给南南做好了的。当时，因为找不到合适的纽扣，所以暂时放在柜子里。

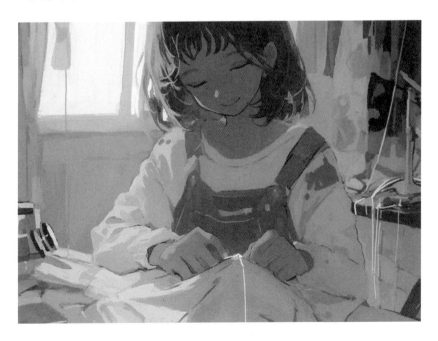

"妈妈，你找到扣子了吗？"南南揉着眼睛走到桌子旁边。

妈妈好像吓了一跳，连忙用手臂挡住了桌上的什么东西："快睡吧，南南听话。"

南南睡不着。她好奇怪，可又不敢说话，只有眯起眼睛偷偷地看。

过了一会儿，妈妈以为南南睡着了，她把桌上的衣服掀起来。南南看见了五个银光闪闪的硬币，那是五分钱一个的。妈妈把它们一个个地排在桌上，然后比着钱的大小剪了五小块泡沫塑料，又从抽屉里拿出小花布片片把钱和泡沫塑料一个个地包好、缝上，做成了五个漂亮的大包扣。当妈妈把纽扣缝在外套上的时候，哎呀？外套上就像长出了五只明亮的大眼睛。尤其是缀在扣上的那圈小红边……南南从来没有见过这么漂亮的纽扣。可是，妈妈为什么不让南南看呢，用手挡着干吗？南南挺不高兴。可是，待了一会儿，她又偷偷地笑了。嘻嘻，妈妈想瞒着她，可是没瞒住……南南还要想什么，被窝里的暖和气儿把她要想的事儿都给融化了。

第二天早晨，当南南走进教室的时候，一群小姑娘呼的一下围过来："哟！南南……"小姑娘们的眼睛都直了。

"南南，买的还是做的？"莉莉最先开口。她的鼻子几乎贴在南南的外套上。

南南心里好得意呀！她故意不动声色地把书包从肩膀上取下来，慢慢地放进课桌。然后用小手拽了拽衣服的下摆，笑眯眯地说："你们猜！"

老师来了。她也像小孩子似的瞪大了眼睛，甚至蹲下身子，用手轻轻地摸着南南的纽扣："是妈妈做的吗？"

南南点点头。

老师站起身，笑着问大家："南南的衣服好看吗？"

"好看——"小姑娘们一起说。

"不好看！臭美。"一个男孩子突然说。

南南难过极了。她差点想哭出来。老师微笑着摇摇头："南南不是臭美。我希望大家都能像鲜花儿一样漂亮。当然，如果我

们主动向妈妈要好衣服穿，不给买就哭，那就不对了。是吗？"

"是！"孩子们一齐回答。

老师又说："南南的纽扣这么漂亮，这是妈妈劳动的结果。过两天，我教你们做包扣。"

"好哇！"孩子们高兴地拍起手来。

南南笑了，心想，除了妈妈谁也做不出这样又圆又硬的大包扣。嘿！谁也不知道包扣里面是什么……不过，一定要告诉老师。当然，现在先不用说……因为心里有个秘密，南南可高兴啦。

中午放学的时候，南南路过一个卖冰棍的车子。她看见了小豆冰棍，很想吃一根。冰凉冰凉的带着甜味儿的小豆冰棍很好吃呢！

可是妈妈说过，一入冬季，冰棍是绝不可以吃的。因为贪凉是要得病的，而且南南"肾虚"。南南不懂得什么叫"肾虚"。反正，妈妈经常用隔壁毛毛尿床的例子来告诫南南，说毛毛所以尿床就是冬天总吃冰棍的缘故。

南南转过脸去，不让自己再看到冰棍车。她一面慢慢向前走一面安慰自己：冬天的小豆冰棍要冰牙，味道也决不会像夏天那么好。

一个星期过去了。老师还没有带领大家做包扣。漂亮的呢子外套已经不像刚穿的时候那样新鲜了。小姑娘们也不再每天都要摸摸那鲜艳的纽扣了。可是，卖冰棍的车子仍然那样吸引人。每天中午总有许多孩子围着它。这一天，当南南又从冰棍车子旁边艰难地离开时，她的脑子里产生了一个伟大的计划。

下午上自习的时候，她用小刀小心翼翼地割断了第三个包扣的线。不一会儿，她的手里已经握着一枚亮闪闪的硬币。另一只手里拿着那片轻得像张纸似的小花布。

南南把"纽扣"换了一支小豆冰棍。好甜呀！可是不一会儿，冰棍吃完了，什么都没有了。纽扣没有了，冰棍也没有了。南南后悔了！她有点害怕……

回家的路上，南南拐了个弯，来到姥姥家。

"姥姥，扣子坏了。回家妈妈要说我的。"南南手里拿着那片小花布。不知为什么，自己先哭了起来。

姥姥一边安慰她，一边找到一张硬纸壳。比着扣子的大小剪了几个圆片片，又给南南缝了上去。南南笑了，她用手摸摸刚缝上去的纽扣，虽然觉得软绵绵的，不过从远处根本看不出来。南南决心不再用纽扣换冰棍了。

可是，不知是因为南南嘴馋，还是冰棍太好吃，每当中午放学，她就觉得冰棍车在向她招手，顿时嗓子里就渴得像伸出只小手。就这样，南南又吃了一颗"纽扣"。还像上次一样，南南想，下次绝不能再吃了。

南南还算有点决心，不是每天吃一根。

一个星期过去了。南南一共吃了四颗"纽扣"。最后，只剩下最下面的那颗是真的了。姥姥每次为南南缝扣子的时候，总是不住地埋怨："你妈妈光图好看，扣子钉得这么松！"

星期六的晚上，妈妈带着南南去西单商场买东西。走到商店里，许多阿姨向南南投来好奇的目光。有的阿姨还蹲下来："小姑娘，你这衣服是哪儿买的？"南南抬起头看看妈妈。

每到这个时候，妈妈总是装作无所谓的样子，昂起头，脸上露出一丝丝只有南南才能觉察到的微笑。南南知道，这是妈妈最得意的时候。

妈妈在卖布的地方停留的时间总是最长。她不但眼睛好使，手也最灵。不论什么样的布料，她只要用手轻轻一摸，就能知道是什么质地。突然，妈妈的眼睛亮了。南南看见妈妈手里拿着一块藕荷色的料子。南南记得，上次爸爸要给妈妈买的裙子就是这种颜色。

一个阿姨走过来，看看妈妈手里的料子问售货员："还有吗？"

"没有啦！这是料子头，就这一块儿。"

"您要吗？"那位阿姨很客气地问妈妈。

妈妈连忙说："当然要啦！"说着，她就在自己身上比量起来。南南拍着手跳起来："真好看，真好看！"她知道，这种料子妈妈买了好长时间都没有买到。而且，听说料子头都是很便宜的。

妈妈笑着拿出钱包："同志，多少钱？"

"六块五毛钱。"售货员用纸把料子包了起来。

妈妈不知为什么着急起来。她把钱包里的钱都倒出来。几个硬币从柜台上滚下来。南南急忙捡起来交给妈妈。妈妈翻遍了衣兜，还差两毛钱。南南真替妈妈着急呀！

旁边的那位阿姨拿出两毛钱递给妈妈说："您拿着用吧！"

妈妈感激地点点头，又把两毛钱送了回去说："谢谢，让我再找找……"

这时，妈妈好像突然想起了什么。她转过身望着南南，望着南南的衣服，最后她的目光停在了南南的纽扣上。南南心里顿时明白了。她觉得身上有点冷。售货员和那位阿姨都奇怪地望着妈妈。南南的脸色骤然变得紧张起来。

妈妈也愣了一下，忽然笑了，她笑得那么和蔼，那么慈祥。一瞬间，南南好像忘记了将要发生的事情。

妈妈把包好的衣料还给那位阿姨，说了声"谢谢"，就领着南南离开了柜台。她抱着南南的脸蛋亲了亲说："南南，怎么啦？"

"不知道……"南南哭了。她觉得她的妈妈是世界上最好的妈妈……

出了商店的大厅,妈妈要给南南买一块巧克力糖。南南说:"妈妈，把这两毛钱给我，明天我自己买，行吗？"

妈妈笑着说："好吧，不过千万不要买冰棍，记住啦？"

南南点点头，现在她的心里可踏实了。

影子

　　坐在考场里，刘豆豆发现自己成了比试卷更重要的东西。同学们的目光从四面八方集中到他的身上。他就像太阳底下用放大镜聚光燃烧的小纸片——身上滚烫，似乎马上就要冒出烟来。

一

刘豆豆是育民中学高一年级的学生。论年龄，他还属于小青年或者叫半大小子的那拨儿。

这个年龄段的学生，身体正在发育，丰满矫健的体型还没有长成。他们常常围在双杠旁边，杞人忧天地为自己搓板一样的胸脯着急，为自己绿豆芽一样的身躯发愁。他们常捋起衣袖，绷紧胳膊，检查自己的"小耗子"又长大多少，为那刚刚隆起的一点点可怜的肱二头肌而表现出狂热的喜悦。

在成年人眼里，他们想入非非，似懂非懂，神吹胡侃，逞强好胜，不得要领。他们无异于那种整天东奔西窜，还没有长出冠子却伸长脖子，到处招惹是非的小公鸡……

刘豆豆却不然。

他虽然只有十七岁，却长得潇洒挺拔。童年的稚气已不复存在，棱角分明的脸瘦削而严峻，身上的肌肉丰满有力。平时不显，每当他脱下那身褪了色的蓝涤卡裤褂，穿着背心和短裤奔驰在球场上的时候，人们对他那健美的体型都赞赏不已。然而，刘豆豆却有着与他年龄不相称的痛苦，在他的心灵深处有着一个不为人们所知的隐秘世界。

104

  他的家里没有钱，或者不如说缺钱，缺得别人不敢相信。每当早晨上课之前同学们神吹胡侃的时候，刘豆豆的这种痛苦就油然而生。

  大家侃的材料的主要来源是昨晚的电视节目，而刘豆豆却一无所知，像个傻子似的呆坐在那里。不用说彩色电视机，就连仅有的一台黑白的，也在爸爸病重的时候给卖掉了。

  刘豆豆是在爸爸的呻吟和妈妈的忧虑中长大的。他懂得吃苦，他能吃苦，他比其他同年龄的孩子更知道钱对一个家庭的价值。

他经常在家门口的一些小摊前转悠。亲眼看见小贩怎么把三斤橘子当五斤卖给别人，他算是开了窍。他一方面想照着那些黑心家伙的腿肚子猛踢一脚，另一方面又为自己父母的窝囊而感到悲哀。

学习好有什么用？爸爸妈妈不也是大学毕业生吗？刘豆豆学习也挺好，但他不相信知识就是力量。他相信印着大团结图案的人民币的力量。

二

那是一个星期天的早晨。春雪初霁，阳光普照。几棵树影歪歪斜斜地落在晶莹耀眼的雪地上。

刘豆豆在家里复习功课。明天考历史。

"鸦片战争，一八四〇年……"

"有旧瓶子的我买……"楼下传来小贩的吆喝声。声音高亢而嘹亮，带着旋律，一个字连着一个字飞上十层楼，穿过玻璃在屋里回荡。

"真可惜了你那条嗓子！怎么不上音乐学院学唱歌呢！"刘豆豆暗暗骂道。墙角倒是堆着几个旧瓶子，只卖一分钱一个，还不如砸了听响儿呢！刘豆豆换了个坐的姿势，向窗外探了一下头，看见一片雪从树枝上徐徐落下，被风吹成细粉。

"鸦片战争，一八四〇年……"

"有旧书旧报纸的我买……"换节目了，是个男低音。刘豆

豆赶紧捂上耳朵。

"收购旧钢笔……"广东人来了，"两块钱一支……"

刘豆豆心中一动，站起身，从床下掏出个旧笔筒，将里面的东西全部倒在地上。一共有三支钢笔，还都是半新的呢。

钢笔收购商面无表情，没话，只是两片颧骨在黝黑的瘦脸上微微向上滑动了一下，然后飞快地旋下笔帽，眼睛在离钢笔一尺远的地方瞄着笔头。

"不要！"很干脆地还给刘豆豆，又接过另一支。

"不要！"又很干脆地还给刘豆豆，拿起最后一支。

"不要！"效率极高，不耽误一秒钟，没等"要"字落地又喊了起来，"收购旧钢笔……两块钱一支……"

刘豆豆愤怒起来："嘿！你到底要什么样的？"

那人转过脸，脸上的肌肉虽然不动，声音却十分诚恳："我们要钢笔上的舌头，要电木的才好用——电木可以做录音机上的磁头，你的是塑料的。对不起啦——"

刘豆豆不禁有些惶惑。录音机的磁头要用旧钢笔的舌头做，他真是闻所未闻。难道什么"三洋""东芝"都要派人到全世界去收购旧钢笔吗？

见那人不再说话，刘豆豆只好上楼。

"小伙子，卖名字吗？"幽幽地飘来一个声音。

刘豆豆转身一看，两副微笑在两个人脸上同时荡漾，西服，领带，皮鞋，大皮包。

"你说什么？"

"把你的名字卖给我们，预付二十元！"

如果说刚才买卖不成是出于无奈，那么现在简直就是公开的嘲弄。以为我是财迷吗？什么猫呀，狗呀，都来笑话我？刘豆豆冷笑一声，刚才卖不了钢笔的怒气收敛在一起，化成了缕缕尖刻的声音："卖名字！你们知道我叫什么？"

"不知道！一视同仁！一般的名字都值二十块钱。知名度大的，还可以商量。将来赚了钱，还可以提成！"

刘豆豆伸出右手，用像化学课上嗅化学药品一样的姿势，将那个人脸前的空气朝自己这边扇了扇——没有酒味！八成从精神病医院跑出来的。

"真的！"两个人对刘豆豆的动作不但全不在意，而且愈加诚恳起来。

"名字卖给你，我用什么？"刘豆豆突然觉得这交谈十分有趣，混乱和荒唐的思维也有它自身的逻辑。

"照用不误！"

"好！拿钱来！"刘豆豆的手几乎碰到了那个人的鼻子尖。

"对不起，让我们看一下能证明你名字的证件。马上付钱！"

刘豆豆随手从上衣口袋里掏出学生证，对方接过去很仔细地看那张卷了边的小白卡片，然后从皮包里取出一个大白本。上写着：名字收购登记册。

刘豆豆不由得一愣。

"请签名！"大白本和一支细长的笔递过来。

刘豆豆又是一愣，怒气消失了，开始片刻的思考。是签名收藏家？如今收集什么的都有，除了邮票、商标、香烟盒子这老一套之外，还有人收集酒瓶子、狗牌子、帽子，甚至各种各样的马桶……也有收集名人签名的，可刘豆豆算什么名人呢？

"你们不是开玩笑吧？"刘豆豆的愤怒已被惊奇所取代。他再一次用审视的目光紧紧盯着对方的眼睛。

两张十元的票子塞到他的手里，发出好听的"窸窸窣窣"的声音。

刘豆豆迟疑地签上自己的名字，抬起头，直到这最后一刻，他还准备那两个人突然狂笑起来说，你小子真财迷，世界上哪有这么便宜的事……

但那两个人没说一句话，收起本子，转身走了。

一瞬间，一种莫名的恍惚袭上刘豆豆的心头。他知道，这是心理作用。

一阵冷风吹过，将团团积雪从树枝上抖落下来，纷纷扬扬的。

三

第二天上学时，刘豆豆拐进一家小吃店。什么奶油炸糕、艾窝窝、小豆粥，美美地吃了个够。名字能当饭吃，妙极了！卖名字时那种怅然若失的心绪已荡然无存。

走出店门，刘豆豆大吃一惊——几乎所有百货商店的门口都贴着醒目的广告：

刘豆豆向全国三亿小朋友致敬！

刘豆豆视信誉为自己的第一生命！

刘豆豆最喜爱豆豆牌牙膏！

看见自己的名字突然被这样醒目地四处张扬，他不免有些心慌意乱，似乎所有的人都在观察他、指点他。他不胜羞愧，于是低着头向学校跑去。

坐在考场里，刘豆豆发现自己成了比试卷更重要的东西。同学们的目光从四面八方集中到他的身上。他就像太阳底下用放大镜聚光燃烧的小纸片——身上滚烫，似乎马上就要冒出烟来。班主任老师也好像第一次见到他，目光从眼镜片上方绕出来，久久地打量着他，为那高温的焦点又增添了一分热度。

刘豆豆听见自己的心在怦怦猛跳，但他不动声色。

"影星和球星不也做广告吗？"想着，想着，刘豆豆渐渐平静下来，甚至有些不平，真是少见多怪！老师居然也这样瞧着我！

傍晚时分，刘豆豆正在吃饭，有人送来一个牛皮纸信封，上面写着：今日名字酬金。刘豆豆一愣，急忙躲进厕所，打开纸包，不由得大吃一惊，那是一叠崭新的票子。数了数，居然是五百元整。刘豆豆的双手不禁发起抖来。真是遇见神仙了！一个名字上了广告居然值这么多钱！

刘豆豆突然想起了可怜的爸爸，不是爸爸起的名字好，怎么会有今天？应该给爸爸还有吃苦受累的妈妈买一件既珍贵而又让他们不易觉察的礼物。

当刘豆豆再一次走在上学的路上，他觉得自己高大了许多，充实了许多。他再不怕听同学们神吹胡侃了，他突然发现那些同学倒有些浅薄可笑了……

不知是谁家的收音机响了。预告节目之后，传来了一个男广播员愤怒的声音：

"全体市民强烈抗议谴责豆豆牌牙膏骗人的卑鄙行径！"

刘豆豆一哆嗦，竖起耳朵捕捉着空气中飘荡的每一个声音。

"豆豆牌牙膏又酸又苦，根据化学分析，原来是变了质的豆腐制成……"

刘豆豆觉得有些头晕，他万万没想到那两个人居然是黑了心的骗子！

商店前顿时挤满了愤怒的人群。玻璃碎了，怒不可遏的人们将豆豆牌牙膏扔得遍地都是。地上流淌着像酸奶和豆腐脑一样的东西。

刘豆豆心中暗暗叫苦。他后悔，他内疚，他气愤。他悄悄从愤怒的人群背后溜过，想找到那两个骗子，赎回自己的名字。

学校大门口横七竖八地放着许多自行车。操场上挤满了里三层外三层的人群。

刘豆豆好奇地挤了进去。

突然有人叫道："他就是刘豆豆！"

人们的目光像无数盏探照灯，齐刷刷向刘豆豆射来。他被围在了中间，只觉得脑袋"轰"地一下，顿时明白了眼前发生的事情。

刘豆豆的班主任老师从人群中拼命挤过来，眼镜落在地上也毫无知觉。他伸开双臂将刘豆豆挡在身后，声嘶力竭地高喊："大家不要误会！我们班的刘豆豆是个诚实的好学生！他和广告上的刘豆豆没有任何关系……"

看着老师那佝偻的身影和头上渗出的汗珠，刘豆豆顿时觉得热泪盈眶。

一个人默默地走到刘豆豆跟前。他那干枯的长脸毫无表情，但长着鹰隼一样的眼睛。那目光直盯盯地看着刘豆豆的脸，犀利而可怕。刘豆豆不由得低下头来。

"孩子！告诉我，你是不是把名字卖给了别人？"他缓缓地说，平静中隐含着一种极大的威慑力量。

人群立刻平静了，所有的目光在刘豆豆的脸上聚成了一个巨大的光亮的焦点。

汗水顺着他的脊背流淌下来。

许久，刘豆豆喃喃地说："没有……"

人群散去了。刘豆豆听到了一声长长的深深的叹息。

刘豆豆的衣服全都湿透了，像从水里捞出来的一样。刚才这惊心动魄的一幕使他坚定了这样一个决心——卖名字的事对谁也不能讲，永远不能讲！

"孩子！你相信人有灵魂吗？"

刘豆豆转过身，那个长着一双鹰眼的陌生人站在他的身后。

刘豆豆摇摇头："我不知道……"

"人是有灵魂的，而且可以出卖！"

这话深深地刺痛了刘豆豆的心。他反唇相讥："我不相信人有灵魂，因为我看不见它！"

陌生人笑了，他走到阳光下指着自己的影子说："看！我的灵魂！"

这就是你的灵魂？刘豆豆冷笑着也走到阳光下，他愣住了，他没有影子。他惊慌失措，前后左右地寻找。

"不用找了，你知道把它给了谁！"

刘豆豆的脸色变得煞白。他彻底明白了，为那些钱，他付出了什么样的代价！

老师和同学们朝这里走来了。

刘豆豆猛地跳起，不顾老师和同学们的呼喊，向校门外飞奔而去。

刘豆豆瞒着母亲，悄悄地将钱包放在书包里，他决心要找到那两个买他名字的人……

事情竟是意想不到的容易。那两个人就坐在马路对面的饭店里吃饭。刘豆豆隔着大玻璃窗看见了他们。

"我要收回我的名字！"刘豆豆强忍愤怒说。

"可以！你从别人那里买一个名字代替你！"一个人微笑着说。

"不！让我把签名擦掉！"刘豆豆喊起来。

"好吧！"那人打开皮包。刘豆豆又看见了那给他带来许多金钱和痛苦的签名。

刘豆豆用橡皮去擦，他惊异地发现他在擦一个字的影子，影子怎么能擦掉呢？刘豆豆愤怒了。他去撕那张纸，但碰到的是冰冷得像铁皮一样的东西。

"只有用一个新的签名贴到上面才能代替你！"那两个人冷笑着将本子收起来。

刘豆豆呆呆地站在那里，他准备用这些钱再去买一个签名。

买名字可不是件容易事。他不能像小贩那样公开吆喝，他只能像乞丐一样低声向别人询问。人们不是把他当成神经病，就是认为他在恶作剧，就像他当时卖名字时的心情一样。遗憾的是人家都不卖。当然，刘豆豆决不敢向他的同学或朋友买，操场上那一幕，他至今记忆犹新。

一个月过去了，刘豆豆变得很瘦。他不敢与别人在阳光下玩，甚至不敢与同学在灯下复习功课。他简直像鼹鼠一样活着。

一天中午，刘豆豆在一条小巷里见到一个小姑娘在门口玩，她大约四五岁，穿一条红色的背带裙，像只可爱的小蝴蝶。

刘豆豆心中怦然一动："小姑娘，你叫什么名字？"

"我叫刘薇薇！"

"真好听！"

"我的名字最好啦！爸爸原来给我起的名字没有这个好听，

是爷爷查了字典给我起的。"

"刘薇薇，把你的名字卖给大哥哥好吗？"刘豆豆觉得那不是自己的声音。

小姑娘"咯咯"地笑起来："名字怎么能卖呢？又不是冰棍和巧克力糖！"

"我给你钱，可以买好多好多冰棍和糖。"刘豆豆脸上出现了十分古怪的表情。

小姑娘摇摇头："你是逗我玩的。"

"真的！大哥哥没有名字呀！"刘豆豆痛苦地说。

"你爸爸为什么不给你起名字呀？我们幼儿园的小朋友都有名字！"

"我没有！"刘豆豆的眼泪都快掉下来了。

"大哥哥，我不要你的钱，我把名字送给你。你也叫刘薇薇，大刘薇薇！好吗？"

"谢谢你，你会写名字吗？"

"会！我还会写我爸爸的名字呢！"

刘豆豆的手在发抖，他将纸笔递给小姑娘。

小姑娘歪着小脑袋瓜想了一会儿，开始一笔一画地写："不许看！"

刘豆豆默默地转过脸去，泪水已从心中涌出。

传来铅笔尖被折断的声音。刘豆豆回过头，小姑娘举着纸。刘豆豆看见了歪歪扭扭的三个字。

"送给你吧！"小姑娘大方地说。

风儿将小姑娘的裙子鼓起来，刘豆豆想起自己上幼儿园时做游戏用的大红萝卜。

刘豆豆忍不住哭了。他将那张纸撕成了极微小的碎片，风儿吹过，碎片雪花一样地飞舞起来。

四

终于有一天，刘豆豆在农贸市场看见了一个他寻找了许久的人。

那是个面色憔悴、形容枯槁的老头儿。他佝偻着身子，颤巍巍地挪动着那双不灵活的脚，背上有个又脏又破的棉絮卷。那恐怕就是他的全部家当吧！

老头儿在这个摊位前停停，又在那一个摊位前站站，嘴里不知在唠叨着什么。人们厌恶地挥挥手让他走开。多可怜的一个老乞丐呀！刘豆豆摸摸口袋里的钱，很想帮助他一下，于是向前走去。

那老人的头发都已花白，已是耄耋之年。瘦骨嶙峋的手像蒙了一层牛皮纸，只有几条青筋毕露，才使人看出那里还有血液在流动。

一个念头在刘豆豆心中突然萌生了。这老乞丐已经是行将就木的人了，他的名字一定不会比他的肚子更重要。他在阳光下还能活多久呢？他的影子对他来讲还有什么用呢？……

刘豆豆将嘴凑在老头儿耳边低声说："老爷爷，我给你很多钱，你把名字卖给我……"

那老头儿抬起头发蓬乱的脑袋，一瞬间，刘豆豆发现那双枯井般的眼窝里闪出狂喜的光芒。老头儿伸出颤巍巍的手，死死抓住刘豆豆的衣襟，像落水者突然抓住一块木板一样。那急切的目光紧紧盯住刘豆豆，不肯有片刻的放松。

他拉着刘豆豆蹒跚地来到市场旁的一条胡同里。

"你说，你要把名字卖给我？"老头儿那干涩的眼睛里露出攫取的光。

"不对！我是要你把名字卖给我！"刘豆豆大声地纠正着。

"不！是你把名字卖给我！"老头儿疯了一样，用嘶哑的声音号叫着。他将背上的破棉絮猛地扔到地上，撕开。

刘豆豆惊呆了。破棉絮里是一捆一捆的钱，堆得像座小山。

"卖给我吧！这些钱都给你！为了买一个名字，我整整花了几十年的工夫！我马上就要死了，我要安宁，可是我没有名字，没有影子，没有灵魂……"几滴浑浊的泪水从老头儿枯井般的眼窝里涌出，顺着那纵横交错的皱纹流淌下来，"卖给我吧！可怜可怜我吧！"

刘豆豆僵在那里不动了。他仿佛看见了几十年后的自己，只觉得浑身战栗……

太阳转过来了，阳光照耀着这一老一小。他们默默地看着对方的身后，相对无言。

一片残留在树上的枯叶被风吹落。树叶泛着耀眼的金光，徐徐下落，与它在地上的影子合并重叠起来。

在楼梯拐角

　　迎着柔和的风儿，顺着京密引水渠碧绿的河水，在公路上和小伙伴们一起，像鸟儿一样自由自在地滑行，对楠楠来说，这简直就像过节一样啊！

　　星期天早晨，楠楠哼着歌儿从楼梯上跑下来。他就要骑着妈妈的那辆"小飞鸽"去颐和园啦！你知道，跟妈妈借车多不容易呀！她总是说，坐车去不是挺好吗？干吗非要骑车？又累，又危险。妈妈哪儿知道，骑车去颐和园，那是什么滋味！只要闭上眼睛想一想，再不用挤那永远像是凤尾鱼罐头似的332路汽车，而是迎着柔和的风儿，顺着京密引水渠碧绿的河水，在公路上和小

伙伴们一起，像鸟儿一样自由自在地滑行，对楠楠来说，这简直就像过节一样啊！

在楼梯拐角的地方，楠楠看见了妈妈那辆"小飞鸽"。它和另外几辆车子很难受地挤在楼道那块小小的空间里。

突然，楠楠发现"小飞鸽"有些异样，似乎不像平日那么精神。跳下楼梯一看，才发现两个车胎全都瘪了。楠楠心中一跳，哎呀！幸亏家里还有个打气筒。可是，等到楠楠蹲下身子仔细看时，他万万没有想到车子的气门芯，包括固定气门芯的螺丝，全都给人拔掉了。楠楠睁大眼睛，在楼道的四周寻找，可惜，除了一张糖纸和几个瓜子皮之外，什么都没有。

楠楠觉得有一股凉气从腰间往上冲，一直撞到脑门。他简直要大喊大叫起来。他跑出楼门口，想抓住那个坏蛋和他干一架。可是，周围静悄悄的，只有大街上偶尔传来汽车的隆隆声。

楠楠家住的是一座新楼房。从这里到修车的铺子，如果是步行，半小时怕还不够用呢！楠楠不由得走进另外一个楼门。楠楠的心里着急呀！他的眼睛无目的地四处张望着。突然，他的眼光停在了一辆"老飞鸽"的身上。不知为什么，一个奇怪的念头在他心中浮起来。他望着那个有些破旧的"老飞鸽"的气门芯。心想，反正我没有偷，就算是坏蛋一开始拔的就是"老飞鸽"上的气门芯。楠楠这样想了之后，刚才愤怒的心情不知飘到哪儿去了。不过心跳却加快了。他向四处看看，飞快地拔下"老飞鸽"的气门芯，然后又拧在"小飞鸽"的身上……一切顺利……一直到楠楠像兔子一样把车子骑到京密引水渠的马路上，这才长长地出了一口气。

他发现自己的两手全是汗水。

河水不像他想象的那样碧绿，而是灰蒙蒙的。楠楠知道这就是常识老师在课堂上说的什么"工业污染"，河旁的树枝也不是翠绿翠绿的。怎么搞的，秋天还没有正式到来，有些树叶就已经黄了，掉了。直到同学们和他说话时，楠楠才发现自己有点魂不守舍……

盼望已久的颐和园之行结束了。带去的一个面包还剩下一半。楠楠心里空荡荡的。回家的路上，他的车子蹬得飞快。周围那些玩得筋疲力尽的同学都有些吃惊。为什么？楠楠自己也说不清楚。

那只"老飞鸽"也不知怎么样了。人们可能在围着它大声议论着，咒骂着那个拔气门芯的坏蛋——当然，这不是指楠楠。因为楠楠什么坏事也没有做，也没占别人什么便宜，只是没有吃亏而已。楠楠又想，说不定"老飞鸽"的气门芯早就换好了，已经被它的主人骑走了。如果这样，楠楠的心里就踏实多了，这是楠楠最希望的。

楠楠推着车慢慢地向前走。跨过"老飞鸽"那个楼门的时候，楠楠装作漫不经心地朝楼道里望了一眼。他多么希望那辆"老飞鸽"已经不在了呀！可是，和早晨时的情景一样——"老飞鸽"依然斜靠在墙上。那装气门芯的地方仍然是光秃秃的。楠楠心中一紧，连忙转过脸向自己家的楼门走去。

二

楠楠玩得太累了。第二天早晨，一直到妈妈喊他，他才睁开眼睛。刚刚坐起来，他好像突然想起了什么事情，急忙跳下床，顾不上洗脸刷牙，趿着鞋就跑出门口。在三层和四层楼梯的拐角，他停住了。这里有一扇窗户，从这里可以看见"老飞鸽"停放的楼道。"老飞鸽"已经走了吧？一定走了，星期一上班的人总是走得很早的。

楠楠把鼻子贴在窗户的玻璃上向下看去，第一眼看见的就是"老飞鸽"。

楠楠失望地走回来。吃了早饭，该上学了，楠楠经过那个楼梯拐角的时候，突然，看见一个胖叔叔把钥匙伸进了"老飞鸽"的锁眼儿。楠楠的心猛地缩了一下。

胖叔叔蹲在地上，重复着昨天早晨楠楠的经历。他低着头在地上摸呀，找呀。然后，胖叔叔回转身子，眼光落在了其他的自行车上。这会儿，楠楠多希望胖叔叔也像他昨天一样，把别人的气门芯拔下来呀！如果这样，楠楠的心里就踏实多了。可是，他看见胖叔叔只是把别的车子搬了一下，然后推着自己的"老飞鸽"出了楼道。他抬起头毫无目的地朝楼房的窗户扫了一眼。楠楠看见了一张焦急的面孔和一双使他永远忘不了的失望的眼睛。

这一天，楠楠第一次迟到了。

三

吃过晚饭，楠楠估计那辆"老飞鸽"已经回来了。他不由自主地走下楼梯，想去见见它。

"老飞鸽"不在。楠楠心想，胖叔叔还没有回来。楠楠不知不觉地走上楼梯，在一个楼梯拐角的窗前停下来，他想看见胖叔叔骑着车子回来。

楠楠刚刚把脸贴在窗户上，就听见背后传来急促的喘息声。他回过头，只见胖叔叔正扛着他的"老飞鸽"一步一步地走上楼梯。胖叔叔走得好慢啊！终于，沉重的喘息声过去了。终于，沉重的脚步声过去了。可是，就在这一瞬间，楠楠觉得胖叔叔和他的"老飞鸽"的分量一下子都压在了自己的身上。楠楠再也忍不住了，他飞快地跑下楼梯向远处的修车铺子跑去。

"阿姨，两个气门芯外加螺丝一共多少钱？"

"一共两毛四分钱，小朋友，车子呢？我帮你安上！"那位阿姨和蔼地说。

楠楠没顾上答话，飞快地跑回家。他拿出自己攒的五角钱，然后写了一张纸条：

叔叔，您的气门芯是我拔的，我知道错了。请您原谅我。两角是气门芯钱，剩下的是我赔您的，我也不知道算什么钱。

这楼里的一个小孩

当大家都睡下的时候，楠楠把钱用纸条包好，拿着手电筒悄悄来到胖叔叔家所在的楼上，在五层楼的一个门口，他高兴地发现了那辆"老飞鸽"。楠楠把纸包轻轻夹在了车子的书包架上。

第二天早晨，楠楠又来到了三层和四层之间的楼梯拐角，站

在窗子前面，焦急地等着。

胖叔叔终于出现了。他推着车子走出楼道，然后停下来，向整个大楼望去，像是在寻找什么。楠楠看见了叔叔那充满希望的眼睛。然后，胖叔叔把车子支好，转身又走回楼道。

楠楠跑下楼梯，胖叔叔已经不见了。楼道的窗台上放着一个小纸包，上面压着一块石子。他拿起纸包打开，只见里面还是五角钱，包钱的纸变了，上面说：

谢谢你，孩子，我去上班了，当我看见你的条子时，不知道为什么，我掉下了眼泪。这五角钱你留着。谢谢啦！你的条子我将永远保留在身边。

你的大朋友

楠楠看着条子，他觉得心里有一股溪水开始流动起来，暖融融的。

拐角书店

　　大家静静地听着周围的人讲述他们和书店的故事，心底变得柔软了，奇迹般地也想起了自己曾经来过这家书店，往日的时光涌上心头，那一本本读过的书在脑海里也变得清晰起来……

一

师范大学的阶梯教室里有只咖啡色的猫，毛的光泽显示它营养良好，神态也是衣食无忧的样子。

这只猫之所以引起同学们的注意是因为它不是偶尔在教室走走逛逛，它几乎天天来，居然还占了个座位。

阶梯教室是间公共教室，座位紧张，猫坐了人就没法坐。因

此开始的时候，它经常遭到驱赶，女生当然免不了大呼小叫。

奇怪的是这只猫并没有惊慌失措地逃窜，只是慢慢悠悠地换一个座位。椅子坐满了，它就坐在桌子上。桌子上书本拥挤，它就往旁边靠靠，摆出一副和平共处的姿态，就像一个脾气很好但做事又很执着的学生。

猫的眼睛都很特别。

凡是与猫对视过的人都知道，猫的目光中似乎没有恐惧，没有犹豫，只有神秘与冷峻，与它们对视一会儿往往让我们觉得浑身发冷，心中还在想，我怎么能怕一只猫呢！

这只猫也是如此，虽说与人近在咫尺，但很少有人听到它叫唤，你不看它，它不看你，你要看它，它就与你对视，对视到你转过眼睛。

一般这种咖啡色的猫，眼睛是黄色的，它却有着一双蓝色的眼睛。

这只猫平时总是懒洋洋地蜷伏在那里，如果有人讲课，它也会坐直，显得聚精会神地注视一会儿。给讲课的人一点面子，表示它对你的关注……

时间久了，没有人再和它争座位，它喜欢哪个位置就坐哪个位置……再到后来，猫也总是坐在桌子上，就像一个书包、一件衣服，大家慢慢习以为常。一来二去，这只猫成了师范大学校园的一道风景。你看，学习空气多浓啊，连猫都整天"泡"在教室里听讲，那些莘莘学子还用说吗！老师们也很重视这只猫，讲课的时候，如果那只猫不在场，老师都会问："那位学生猫呢？"

于是有人给它起了个名字叫做"学生猫"，学生猫的照片发到微博上，立刻受到大量网友的关注。许多外校的同学也慕名而来，特意看看学生猫。学生猫变得很出名！传闻也渐渐多了起来，甚至说它不但读书而且喜欢名著。

人听课不是新闻，猫听课就是新闻。因此它也成了师大校园的一件趣事。

有一天，学生猫没有来听课，大家注意到了。第二天，学生猫还没有来。大家便有些奇怪——学生猫可能去会女朋友了。一个星期过去了，猫还没有出现，同学们担心了。

学生猫失踪的消息引起全校同学的注意，有热心的同学在学校的布告栏和微博里庄重地发布了寻猫告示：

师生们敬请注意：

咱们的学生猫已经一个星期没有露面。烦请广大师生注意校园的各个角落，包括那些人迹罕至的地方，帮助寻找学生猫。有知道消息者迅速通知我们！

下面的署名有点夸张：寻找学生猫委员会。

再下面是个手机号码，写告示的同学是个生物系二年级的男生，名叫楚天然，自称是寻猫委员会的秘书长。

猫的照片发在微博上，寻找学生猫成了网上一等级别的"寻人启事"。接下来的日子里，同学们课余饭后开始寻找学生猫。

也有人说，教室本来就不是猫应该待的地方，猫走了没有什

么奇怪的，找什么找！

不料，这个本来属于正常的观点立刻遭到大家强烈的反对，说他没有爱心，甚至要将他"人肉搜索"出来示众。于是没有人再敢忽视学生猫的失踪了。

互联网上每天都有关于学生猫的问讯和消息。许多人找到了各式各样的流浪猫，但是和学生猫的照片比对，都有很大的差异。这时候大家才发现，那只学生猫是多么的英俊，多么的有风度，多么的神奇！

一个消息传来，有人在这个城市的一家书店见到过这只学生猫。

这家书店的名字叫"拐角书店"。

二

秘书长楚天然同学在第一时间找到了拐角书店，他发现，拐角书店是一座老式的小房子，坐落在几座大楼的中间，就像一群高大的巨人包围着一个小小的孩子。

在书店门口的小街上，他看见了一台推土机突突突地驶过。

推土机本没有什么好奇怪的，奇怪的是这个推土机的吓人的大铁铲举在空中，开到小街的一端，掉了个头又开回来，在书店门口停了一会儿，又突突突开到了小街的另一端……

这个书店恐怕要被拆掉了，楚天然想。

楚天然走进门，发现书店虽小但是很干净，很整齐。一股说不清道不明的味道弥漫在房间里，让人觉得踏实，感到温馨，忍

不住想在书架中间走走转转，抽出本书摸摸翻翻……这里还有几分神秘，似乎不论什么书你都可以在这里找到。小小的房间里好像能装下整个世界……

一位满头白发的老奶奶走过来问："要帮忙吗？"。

楚天然心头一动，难道书店还有这把年纪的职工！但是他不好开口。老奶奶微微一笑说："我就是这里的店主人！"

"您好，对不起，我不是来买书的，情况是这样，我们学校丢了一只猫，听说它在您这里，我可以看看吗？"说着，楚天然举起手机，把学生猫的照片给老奶奶看。

老奶奶戴上花镜看看照片说："怎么这么巧啊？"

楚天然很高兴："真的在您这里？"

老奶奶笑笑说："我们家原来也养了一只猫，那是一只被遗弃的小猫，养了快十年，两个月前忽然不见了，我就想它可能觉得我这里太冷清，找热闹去了……没有想到，一个星期前它又回来了，和你找的猫长得差不多……"

楚天然一愣说："您能让我看看吗？"

"就在第二排书架后面，你去看吧！"

在第二排书架的后面，楚天然果然找到了那只猫，猫很安静地蜷伏在那里，现在抬起头来看看楚天然，注视了一会儿，那神态好像在说，你来做什么？

楚天然又找出学生猫的照片比对一下，没错！就是这只猫。如果老奶奶说的是实话，那就是猫离开了书店而后到的师范大学，因为在楚天然的记忆中，这只猫被大家关注并不是很久，成为一只名猫也就是一个多月的事情，从时间上算，这只猫可能就是老奶奶的猫。

"老奶奶，我们要找的就是这只猫，我估计这和你家里养的是同一只猫。"接着，楚天然便告诉老奶奶这只猫在大学里怎么受到学生的欢迎，成了一只名猫，同学们怎么渴望它的归来，他还有个名字叫学生猫……楚天然最后说："按道理来说，猫回到书店是物归原主，我没有理由把猫带走。老奶奶，您看呢？"

他没有想到，老奶奶想了一会儿说："既然有那么多的同学喜欢它，如果猫愿意的话，你可以把它带走。"听老奶奶这么说，楚天然顿时心花怒放。接下来就是怎么取得学生猫的同意。

楚天然定定神，找到学生猫是一码事，把学生猫带回学校又是一码事。强行带走肯定有困难，也显得对猫不尊重。楚天然有备而来，他带了一个纸箱子，里面还放了一条小鱼。楚天然很有礼貌地说："大家都很想念你，委托我来请你回学校，如果你愿意的话希望你到箱子里去，这里丝毫没有关的意思，只是个交通工具而已……"

猫轻轻地叫了一声，身体却一动不动。

楚天然又打开纸箱盖儿，把里面的小鱼展示给猫看。学生猫没有反应。

"我真是诚恳地请你回去……"楚天然有点不知道怎么办好了，他实在想不出更好的主意。于是他退步走到老奶奶收款的柜台前面，准备和老奶奶聊聊天，等一会儿再和学生猫商量。万一它执意不肯走，也没有办法，只能照张照片发在网上，告诉大家学生猫的近况。当然今天他要是能把学生猫带回学校，那就太棒了，楚天然可就成了英雄！

"门前推土机是怎么回事？"

老奶奶笑了："他们是想把我吵烦了，让我同意搬家。"

老奶奶说，这虽然是一家小书店，可是已经有几十年的历史了，老奶奶的爷爷经营这家书店的时候老奶奶还是一个小学生。后来爸爸成了小书店的主人，老奶奶是一位小学老师，再后来老奶奶退休了，就接替了父亲，成了这家书店的主人。

这个城市的书店几乎都没有了，有的是因为书店的房租太高，书店被迫倒闭改成了饭馆。还有的书店被拆了，盖起了写字楼、大商场……来书店的人渐渐少了，有的时候，整整一天也就来十几个顾客。

老奶奶的房子是自己的，不用交租金，因此勉强维持了下来。这几年，不断地有人来动员她搬走，答应给她许多钱，给她很宽敞的公寓楼房，过衣食无忧的生活。可是老奶奶说："我不用那么多钱，我喜欢年轻人到书店看书！这地方要是盖了商场，他们到哪儿去看书呢！"

于是有人就开来一辆推土机在书店门口开过来又开过去，突突突，突突突……希望把老奶奶赶走。

"书店要是真的拆了，这只猫回来都找不到家了……"老奶奶有点伤感。

学生猫走了过来，蹲在老奶奶的脚下，似乎听懂了老奶奶的话。楚天然心中一动，这猫是通人性的。

学生猫走过来，碰碰楚天然的脚。楚天然一阵高兴，他弯下腰想把猫抱起来放到箱子里，猫却跳开了。他又把箱子放倒，想让猫钻进去，不料，那猫却径直朝书店的门口走去，步伐是缓慢的，边走边回头。楚天然一下子明白了学生猫的意图——它不想进箱子，就像这样走着跟着楚天然回到师范大学……

　　楚天然急忙站起身，与猫同步走向门口，再跨一步就走出去了。猫发出了叫声，并停住了脚步。

　　楚天然不明白猫的意思："你是要进箱子里来吗？"说着，楚天然把箱子放到猫的面前。猫的叫声更大了。楚天然不知如何是好。忽然他想到，刚才来了书店半天，还麻烦人家老奶奶，有点不好意思，于是想买本书表示表示。

　　想到这里，楚天然买了一本最近得大奖的小说，如果不是今天这种情况他是不会买的，就是买也要到网上去买。

　　令他惊讶的是，猫立刻不叫了，迈开脚步走出书店。楚天然很惊讶！学生猫居然如此体谅老奶奶呀！

　　第二天早晨上课的时候，同学们又在阶梯教室见到了学生猫。大家异口同声地称赞楚天然有办法。许多同学们纷纷和学生猫照相留念，因为大家这才发现相聚的日子原来不是天天都会有的。

　　不料，下午上课的时候，学生猫又不见了。

三

　　楚天然听说了这件事，立刻给拐角书店的老奶奶打了电话，老奶奶说，那只猫的确又回来了。

第二天下午，楚天然约了另外两个同学来到拐角书店。一为有个帮手，二为有个见证。把学生猫请回来可不是一件容易的事情，要是没有人证明，那些鬼祟的同学还以为楚天然把学生猫藏到宿舍里，故意作秀呢……

　　推土机还在突突突地开来开去。

　　走进书店，老奶奶带着三个人在书店第三排书架后面找到了学生猫。

　　不管学生猫是否听得懂，楚天然以为还是宣布一下为好，楚天然说："大家很尊重你，同时大家也很尊重你的选择，但是我们要互相尊重，您为什么回到学校又不辞而别呢？有什么条件没有满足吗？如果还有其他的要求，也请给我们一些暗示才好！"楚天然说话的神态，让同来的两个同学觉得他在搞什么巫术！

　　没有想到，这次学生猫却很是爽快，立刻跳下书架朝书店的门口走去，三个人很是吃惊。不过走到门口的时候，学生猫故伎重演，大吵大叫。这次仅仅是楚天然一个人买书不成了，直到三个人一人买了一本书，学生猫这才跟着他们回了学校。一时间，楚天然觉得这猫好像是老奶奶训练出来的推销员。这老奶奶对这只猫做了持久的训练，只可惜训练这点雕虫小技，又能卖上几本书呢！

　　果然，学生猫在大学待了半天又不见了。

　　楚天然这次没有给老奶奶打电话，而是径直来到拐角书店。决定和老奶奶谈一谈，请老奶奶讲明，答应什么条件，这猫就可以长久地回到大学。

那是个中午，阳光格外刺眼，快到书店大门的时候，他发现街道上一个人也没有，那辆推土机也停住了，司机坐在书店的门口打盹儿。楚天然觉得情况有些异样。

推开门，他惊呆了。映入眼帘的不是书架，也不是书，而是猫！不是一只学生猫，而是满眼的猫，似乎是数不过来的猫。黑的、白的、咖啡色的、灰色的、花色的，还有那种只在电视里见过的长得怪异却非常名贵的加菲猫。它们有的蹲在书架前，有的站着，有的趴着，还有的走动……视力所及，怎么也有几十只猫，书架子后面的情况还不知道。这里简直成了猫的世界。

看见楚天然他们进来，那些猫不约而同地抬起头看着他们。楚天然有些恐惧，不由得向后退了两步。左右看看，另外两个同

学已经退出门外。

楚天然大声喊起来："有人吗？这里有人吗？"此刻他最担心的就是老奶奶。

"我在这儿，第三排书架后面。"后面传来老奶奶的声音。

"老奶奶，您没事吧？"楚天然大声问。

"我没事儿——"老奶奶的声音有点小。

楚天然觉得自己的想象力变得十分发达。老奶奶不在门口，而在后面，她是不是被猫绑架了，被胁迫了，没有了自由。这个书店昨天还很正常，楚天然离开 24 小时不到，怎么一下子就聚集了这么多的猫，老奶奶是什么人，简直就是白发魔女嘛！这些猫说不定就是她变出来的……到了第三排书架后面，没准没有什么老奶奶，可能就是一只白色的大猫在说话……一个个离奇的画面在楚天然的脑海里浮现。

楚天然的声音开始颤抖："老奶奶，您能到门口来吗？"

随着沙沙的脚步，老奶奶出现在书架前。

楚天然心中一愣，老奶奶依然是那么平静，依然是那么精神，雪白的头发一丝不乱。

"您不觉得奇怪吗？"楚天然问。

"非常奇怪。"

"它们什么时候来的？"

"昨天夜里陆续来到。"

"您不害怕吗？"

"开始害怕，后来就高兴了，不寂寞了，人不来，猫来！"

老奶奶笑着说。

楚天然觉得有人推了推他的肩膀，回头一看，同来的女生举着手机给他看。

楚天然接过手机定睛看去，屏幕上这样写道：

市公安局官方微博：今日接到几十起报警电话，许多市民饲养的宠物猫都不见了踪影。警方怀疑这是同一团伙所为，他们有预谋有组织窃取名贵宠物猫进行倒卖活动，希望广大市民有知道消息和线索者速与公安局王警官联系！电话……

楚天然看看周围，这才发现眼前的这些猫个个出类拔萃，有的华贵，有的可爱，有的奇特，只看毛皮的光泽就非大街上校园里常见的那些流浪猫可比。

楚天然把手机交给老奶奶观看，老奶奶戴上花镜仔细阅读，看完之后，着急地说："真没有想到，赶快通知大家来领吧！丢猫的人一定很着急！"

四

大约半个小时之后，拐角书店前的小街被围得水泄不通，主要人员都是那些丢猫的家庭，少则一口，多则三口，有爸爸，有妈妈，还有不少是小学和幼儿园的孩子，他们放弃了手头的事情赶来寻找自家的宝贝猫。还有围观的群众，以为这家书店就要被拆掉了。当然，还有大量的新闻记者，场面是相当的混乱。

　　王警官站在推土机上大声说："我刚从书店里出来，里面大约有一百多只猫，据我观察，这些猫的身上没有被捆绑被抽打被虐待的痕迹，请大家放心。因此我们分析这些猫很可能是夜间自己离家出走的。"

　　"啊啊——"全场一片放心的叹息。

　　"现在这家书店里，可能就有你家的猫，但也可能没有你家的猫，现在领回你家的猫有点像领回你家的孩子，既不能冒领也不能领错，孩子会说话，猫不会说话，因此大家必须按我们的规定办理，必须遵守纪律。"

　　"哈哈——"全场一片理解的笑声。

　　按照王警官的办法，每个认领猫的家庭出一个人走到店里，先指认他的猫，猫也同意他的指认，互相确认之后，这个人才可以将猫抱在怀里走出书店，为了万无一失，每位领了猫的人还要填写一张登记表。

认领猫的活动开始了，第一次进入书店的是六个人。一家电视台的记者也被容许进入认领猫的现场拍摄。

楚天然和他的同学成了临时志愿者，负责维持秩序，那只学生猫蹲在老奶奶身边。看它那过于冷漠的神态，楚天然有点担心，他知道这么多猫一夜聚会起来，肯定和学生猫有关，现在它能够轻而易举地让主人们把它们领走吗？

第一个进来的是位中年妇女，一进门她就忘情地喊起来："来福——来福——"一面叫一面在书架子中间转，不一会儿，一只很可爱的三花小猫发出"喵"的一声。中年妇女弯腰把猫抱起来。一面亲昵地说："来福，你可把妈妈想死了，以后可不许乱跑了……"

就这样来福的"妈妈"抱着来福站在第一排书架子的前面。填表的时候她告诉楚天然，她的小猫很名贵，品种是喜马拉雅猫。

紧接着一位魁梧的男人也抱着他的猫与来福的"妈妈"并排站在一起。他的猫也很名贵，是一只布偶猫，名字叫胭脂，男人的脸紧紧贴着它。

大约十分钟的时间，进来的六个人都找到了自己的猫，也填了表格。这些猫都是名贵的猫，有缅因猫、西伯利亚猫……

王警官让他们抱着自家的猫往外走，不料，就要走出大门的时候，那六只猫不约而同地叫了起来。

楚天然急忙走到警官耳边说了几句话，王警官愣了一下，然后对大家说："人家书店的主人不容易，咱们的猫把人家的书店弄得乱七八糟，大家每个人买本书算是对人家书店主人的答谢好不好。"

认领猫的人一致同意，纷纷掏钱买书。

当大家抱着猫再一次走出大门的时候，猫又叫了起来。不但叫，而且开始在主人的怀里挣扎。大家呆住了。警官忍不住问楚天然："你说的办法不灵嘛，赶快问问，还有什么条件？"

大家一起看着老奶奶。

老奶奶摇摇头："我也不知道为什么……"

大家僵在那里，谁也不知道怎么办。

楚天然看看学生猫，学生猫不动声色，似乎眼前的事情与它毫无关系。

此刻，书店的门外已经是人声鼎沸，人们大声叫喊："怎么这么慢呀！快点呀！我们的猫呢？还有事情呀！"

说着喊着，有些人已经闯进了书店，王警官怎么拦也拦不住。

里面的人出不去，外边的人又不断地涌进来，一会儿的工夫，一百多人都进了书店，他们先是找自己的猫，好容易找到了，自己的猫又死活不肯跟着主人出门。人的叫声，猫的叫声混成一片。窄小的书店出现了罕见的一幕，每个人怀里抱着一只猫，人挤着人，猫挨着猫……

王警官在门口大声喊："把猫放下，人先出来好不好？"

人们都想出去，可是又舍不得怀里的猫。

就在这个时候，书店的门开了，一个中年男人挤进了书店，手里还举着一本书。书的封面上有只美丽的蝴蝶。

　　警官拦住他说："不要再进来了，就是你找到猫，也走不出去。"

　　中年男人说："我不是来找猫的，我是来感谢向爷爷的。"

　　老奶奶走过去说："你说的向爷爷是我的父亲，他不在了，有什么事情请跟我说。"

　　中年男人说："二十年前，我还是个小学六年级的学生，有一天，我在这个书店看到了一本书，名字叫《蝴蝶的故事》，我非常喜欢，可是我没有钱，趁着向爷爷没注意，我就把书藏在衣服里出了门，可能因为心慌，也可能因为台阶太陡，刚出大门我就摔倒了，那本书露了出来。我没有想到，向爷爷这时出现在我的面前，他不但扶我起来还给我上药。他看着我的脸色说，孩子，

你这是低血糖，以后要注意营养呀，可不能饱一顿饿一顿呀……我说，向爷爷我对不起您……

"向爷爷摸着我的头说，爱读书的孩子都是有出息的，我知道你现在没有钱买书，今天这本书就算是向爷爷送给你的。希望将来你能成为一个可以写书的人，把你写的书送给向爷爷，就算我们谁也不欠谁的了……

"我当时流下了眼泪。我说向爷爷，我长大了要当个昆虫学家。我要写一本关于蝴蝶的书，等到我拿到新书，我第一个就要送给您，送给拐角书店……二十年来，我上了大学学习生物，后来成了一个昆虫学家，这些年我始终没有忘记和向爷爷的约定。今天我的关于蝴蝶的书终于出版了，我就拿来送给向爷爷，报答他对我的恩情。"

书店里安静了。

沉默了一会儿，来福的"妈妈"开口了："小时候我也来过这家书店，当时我非常爱读书，可是家里没有钱买，那时候的主人是位老爷爷，每次在书架前读书的时候我都怕老爷爷责怪我光看书不买书，有一天老爷爷走到我的身边，我特别不好意思，急忙把书放到书架上。没有想到，老爷爷说："孩子，这里的灯光暗，要弄坏眼睛的，你到门口我的桌子旁来看，那里光线好……，以后我每次来到这家书店都觉得特别温暖，就连纸张的颜色都让人安静……"

抱着"胭脂"的魁梧男人说："我也来过这家书店，那时候我还是中学生……"

书店里的人依旧很多，但是大家不觉得拥挤了，大家静静地听着周围的人讲述他们和书店的故事，心底变得柔软了，奇迹般地也想起了自己曾经来过这家书店，往日的时光涌上心头，那一本本读过的书在脑海里也变得清晰起来……

　　一个小时过去了，又一个小时过去了。

　　傍晚的时候，拐角书店的灯亮了。不是很亮，但是柔和，很远的地方就能感到它的温暖。

　　人们陆陆续续地从拐角书店里走出来，怀里抱着他们的猫。

图书在版编目（CIP）数据

羚羊木雕 / 张之路著. -- 北京：北京理工大学出
版社, 2025.1.
(课本里的大作家).
ISBN 978-7-5763-4508-7

Ⅰ. Ⅰ287.47

中国国家版本馆CIP数据核字第2024C36X69号

责任编辑: 申玉琴　　**文案编辑:** 申玉琴　　**策划编辑:** 张艳茹　门淑敏
责任校对: 刘亚男　　**责任印制:** 李志强　　**特约编辑:** 赵一琪　高　雅

出版发行 / 北京理工大学出版社有限责任公司
社　　址 / 北京市丰台区四合庄路 6 号
邮　　编 / 100070
电　　话 /（010）68944451（大众售后服务热线）
　　　　　　（010）68912824（大众售后服务热线）
网　　址 / http://www.bitpress.com.cn

版 印 次 / 2025 年 1 月第 1 版第 1 次印刷
印　　刷 / 雅迪云印（天津）科技有限公司
开　　本 / 710 mm × 1000 mm　1/16
印　　张 / 10
字　　数 / 97 千字
定　　价 / 34.80 元

图书出现印装质量问题，请拨打售后服务热线，负责调换